JN224840

# 哀愁の町に何が降るというのだ。

椎名 誠

本の雑誌社

哀愁の町に何が降るというのだ。

目次

## ねっとりとした暗闇

装丁　西野直樹デザイン事務所
装漫画　Q.B.B.（作・久住昌之／画・久住卓也）
本文カット　椎名誠

# 荒野のオンボロ高校

# 捕虜収容所みたいな風景

## 面白き人々

沢野ひとし君はあまりにも面白い存在なので、彼のコトを書いていくと話が行方しれずに躍動していき、制御不能になって困るのだがそれだけにこうしてムセキニンに書いているのは楽しい。

だからたびたび奴のことを書いてきた。親しいからとんでもないことも書いてしまう。でも奴はそれに文句を言うわけでもなく黙って静かに笑っている。宮沢賢治の「雨ニモマケズ」のヒトみたいで、人間ができているんだなあ、と感心したが、そんなわけはなく、彼のそういうハチャメチャ話を書くと、かげで烈火のごとく怒り「シーナをコロス。ぐえぇぇぇ！」などと叫びながら火を吐き、憤怒の形相となってそこらのドンブリなどを叩き割っているらしい。

高校生の頃の話だ。

ぼくと沢野君が行った千葉の荒くれ高校は今と昔とではまったく状況が違うので、遠いむかしのことを断定的に書くのは気をつかう。いまは優秀な進学校となっているようだしなあ。だから「どこ」の高校とはっきり書かないことにする。

ぼくが入学した頃、一年生は七クラスあった。一クラス四十人ほどとして一年生だけで二百八十人ぐらいの生徒がいたことになる。

当時、千葉県中のオチコボレが集まってきたのだから本当は三百人はいたのだろうと思う。

クラス分けしたあと校庭に並ぶと、アメリカあたりの戦争映画の捕虜収容所の風景に似ているなあ、と思った。早春だから千葉のカラッ風が吹きころがっていく。

まあ、そういうところでぼくと沢野君は出会ったのである。当然お互いにヘンなやろうだな、と思っていたのではじめから仲良くなったわけではない。でも二人ともクラスでいちばん背が高かったからイヤでも近くになってしまうので認識せざるをえなかった。

教室で座る席は自動的に決められてしまっていてやはり我々は近くの席で彼はぼくの斜めひとつ前の席だった。その頃にしてはめずらしいオカッパ頭で、手足が長く、ＩＶＹのシャツを着て歩いているところは手長猿か、ビートルズのマリオネットみたいだった。

ぼくは荒れた中学から来たのでガニマタ化しており、誰か知らん奴と話をするとすぐにケンカ的状況になるからそういう奴の前ではなるべく黙っていた。すさんだ坊主頭にギラギラした目でなにか気にいらないことがあれば、おれこいついますぐ殴る、という野蛮人の態度となった。

担任の教師は古語担当の年配女性で、先輩たちからひき継がれているあだ名は「ヘンバ＝ヘンなバアさん」だった。でも本当は上品なヒトだった。よく和服にハカマでやってきた。ヘンバは、最初からぼくをケモノを見るような目つきで近づかないようにして遠くから見ていた。

ぼくは学校に下駄で通学していた。規則に「下駄通学は禁止」という記載はなかったのだ。けれどまさか本当に下駄で登校してくる生徒がいるわけない、と学校側も油断していたらしい。禁じる前に下駄で通学してきたこちらが勝ちなのだった。

校舎のなかでは黒いズック靴をはくキマリになっていた。そんなネズミみたいなカッコ悪いコトはしたくない。だからぼくは雪駄（セッタ）もしくはハダシで歩くことにしていた。気分は「旅のモン」だったのだ。当然ヘンバはそんなぼくを（遠くから）注意する。でもそんなことなんか聞くわけないもんなあ。ぼくみたいな大馬鹿の野蛮人は他のクラスにもいたようだがまだ交流、もしくは開戦はしていなかった。沢野君はそういうことには何も反応しなかった。彼は自分に関心がないことには触れない、という感覚に関心があるヒトなんだ、ということがわかってきた。

**おむすびちゃん**

授業がはじまると彼は「キミの教科書を一時（ちょっと）かしてくれ」と言ってきた。国語や社会なんかの教科書を指定していた。書き忘れたが、彼はヒトに呼びかけるとき「キミ」という英語をつかった。いや英語じゃなかった、ただの日本語だった。でもぼくには「アナタ」も「ワタシ」も含めて外来語に聞こえた。言われたようにその教科書を貸してあげると彼は自分の教科書をぼくによこした。同じ科目のものだ。ナゾの一時交換だったが、その頃から彼の不思議かつ魅力的な異人＝天才の片鱗をチラチラ感じるようになっていた。その頃の彼の口癖で不思議だったのは、モノを語るときによく「ちゃん」づけすることだった。

「おむすびちゃん」とか「ざぶとんちゃん」とか「目ぐすりちゃん」といったぐあいだ。教科書にそういう絵を描いていた。それら

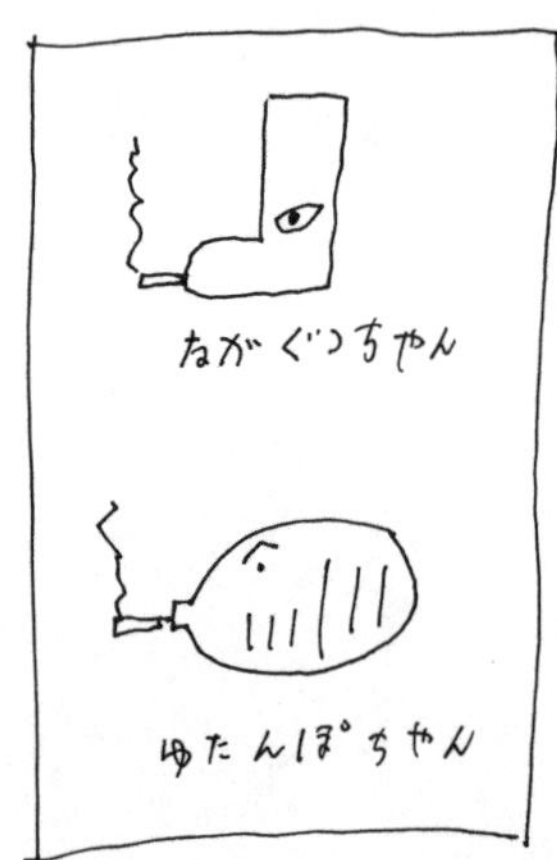

にはかならず目が描かれており、たいていタバコを吸っていた。

タバコを含め全体の雰囲気は幼稚園のタンポポ組とかヒマワリ組の園児が描いたもの、というほうがしっくりした。

数日すると教科書を返してくれた。そこにはいろんな絵が描いてあった。後々プロのイラストレーターになるヒトの絵だからそれらは味のある立派なイラストやカットというべきものだったのだろう。

記憶にあるそうした絵を思いだし、再現してみる。彼が国語とか社会というように教科書の科目をはっきり言ってきたのは不思議だったが、後に考えると数学とか物理といった科目ではイラストをつけにくいからなんだ、と理解した。彼もそれなりに考えていたのだが天才はなかなか理解されないものだ。

## トンガリ男の美学

彼は千葉市の街なかにある公立新宿中学の出身だった。あるときその中学の出身という柄の悪いのが三人、放課後のわが高校にやってきた。目的はよくわからないが、会ってみるとすぐにぼくと似たようなコトを考えている不良だとわかった。ケモノみたいなもので、同類とか同質の者は気配や臭いでわかるのだ。ただし沢野君は暴力的な不良ではなく、要するにいろんな友達とわけへだてなくつきあっていける「気のいい奴」ということがしだいにわかってきた。

新宿中の三人組の首領は「トンガリ君」というのだと沢野君はあだ名でぼくにおしえてくれた。紹介されるまでもなく彼は頭がドングリみたいにとんがっているのでたちまち納得し、しっかりおぼえてしまった。

　高校一年のくせにナニワブシみたいな掠れた声で喋るので凶状持ちだということがすぐにわかった。ダブルの詰め襟をいちばん上までキチンとしめているので苦しそうなのにきわめて普通にしているのも不思議だった。そうしてこれらはトンガリ君の美学らしかった。

　校庭のすみで話してみるとけっこういい奴で、千葉港にある発電所の排出口では太い魚が釣れるぜ、という話をナニワブシみたいな声で喋っていた。「大きい」ではなく「太い」と言っていたのが印象的だった。その魚はどうやらボラのようだった。発電所の排出口からは温かい水が出てくるので寒い時期は魚が沢山集まるんだよう、とトンガリ君は嬉しそうに言った。
　入学した頃ぼくは野球部と柔道部に誘われていた。
　沢野君は美術部に入った。そんな部があるなんて言われるまで知らなかった。でもあとで考えると自分に一番ふさわしい部に入ったのだな、と感心した。部活についてはそれっきりで、互いにまったく干渉しなかった。

### 千葉のカラッ風

　月日がたっていくと、クラスにしてもその学年にしてもその学校には不良がとても多い、ということがわかってきた。千葉はもともと荒っぽい土地で、その頃から新興の開発業者がいっぱい集まってきており、そういう気配を持った子供らもやっぱり増えていたのだ。

前から知り合いらしいいかにも悪ぶった数人が授業の合間に教室の端っこに集まって素早くタバコをふかしながら声高(こわだか)に自分らが関係したカツアゲなどの悪事の自慢話をしていた。

ぼくも沢野君もそういう連中とはかかわりあいを持たないようにしていた。でも相手がかかわりあいを持ちたい、と接近してきた場合はしょうがない。しつこい奴にはそれとなく距離をとっていたが、そうもいかない状況も出てくる。

とくに柔道部に入ったぼくに対してはなぜか生意気だ、とその仲間らに狙われていた。

Kというイニシャルの、顔の大きい奴がぼくの机の横にきてヘンテコにしゃがみ、低い声で威嚇的に話しかけてきた。Kは中学三年を二度やり、まわりのみんなより一歳上らしかった。大きな体にサラシの腹巻をして学校に来る、というのが自慢のようだった。噂ではそこにしばしばドスをはさんでいるという。ドスというのが本物なのかどうか。持っている目的も不明。でも下駄通学よりはヤバそうだった。

話す相手が椅子などに座っている場合、となりにしゃがんで相手より低い位置から見上げるようにしていろいろ因縁をつける、というやりかたはヤクザがシロウトを脅かすときの基本的な姿勢らしい。事実、そのほうが上から覆いかぶさるようにして迫られるよりも精神的な威圧感が強かった。

最初はごく普通の話しかただったが練習をしているのかKは高校生のガキにしてはそういう迫力のあるしゃべりかただった。

そいつは、

「柔道部に入ったならカネを持っているんだろ。そんなら協力金たのむよ」

と、めちゃくちゃなことを言っていた。なんの協力金なのかわからない。でも「はじまったな」と思った。何がはじまったのか、というコトもよくわからなかったのだが。

# 持続するエネルギー

ぼくも沢野君も部活に傾倒していく前はよく駅まで一緒に帰った。田舎の田園高校なので、駅までいく途中にいろんな作物の畑があり、その風景が不思議にここちよかった。バスで十分ぐらいだったけれど歩いていろんな話をしていくのも楽しかった。そういう歩き話のきっかけになったのはエネルギーに関する話だった。

二人で学校の前でバスを待っているときだった。ぼくが「木をノコギリでひくのだってトンカチで叩くのだってエネルギーを必要とするんだよね」と、突然インテリなことを言ったので沢野君はたぶんびっくりしたのだろう。

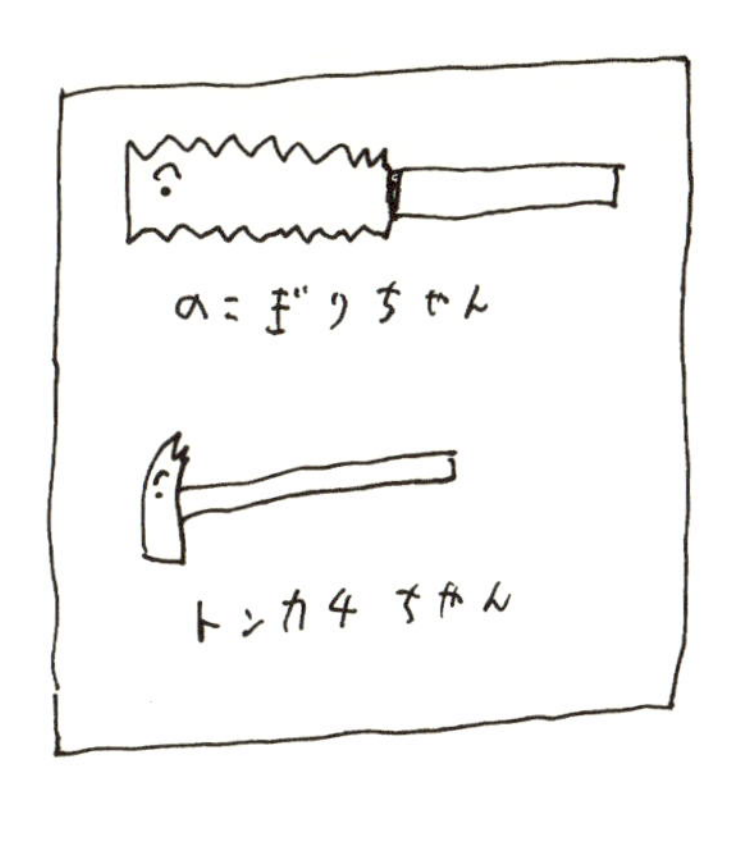


「しかしそれらは持続するエネルギーには勝てないんだよね」

などと言うので今度はぼくのほうがびっくりして議論がはじまったのだった。議論なんてそれまで体験したことがなかったから、あれは生まれて初めてのギロンだったような気がする。

ぼくたちは駅までの近道を歩いていた。そのとき沢野君は麦畑のあいだの細い道を歩きながらこんなことを言った。

「さっきバスを待っているときシーナ君は片手で停留所のポールを握っていたでしょう」

いきなり「ポール」などとずっと江戸時代のままのぼくの住んでいる町では使ったことがない英語を言うのでまた驚いてしまった。

「ぼくは転校する前の中学のときよくバスに乗っていたんだ。そのとき友達と、一日三回ずつ、と約束してね、停留所のポールを握って毎朝一人三回ずつ左右に動かしていたんだ」

「ふーん」

ぼくはそれにどう答えていいかわからないので曖昧な返事をした。

「東京のバス停だからその下の基礎はコンクリートで固められているからそうやってもびくともしないんだよ」

「ふーん。で、その三回ずつを毎日やっていたの？」

「そうだね。意志が固かったからね」

「ふーん」

「そうしたら卒業する頃、そのポールがついにグラグラになってたんだ」

「え？」

「三年かかったけれどね」

「そのグラグラ作戦を？」

「そう。つまり物理学というのはリロンがキチンとできていれば、実際にやってもできる、というハナシなんだよ。そうしてこれがつまり『持続するエネルギー』の強さなんだよね。ノコギリにもトンカチにもそんなことはできないでしょ」

ぼくはその話に感動し、どうしていいのかわからなくなって息をハアハアさせていた。

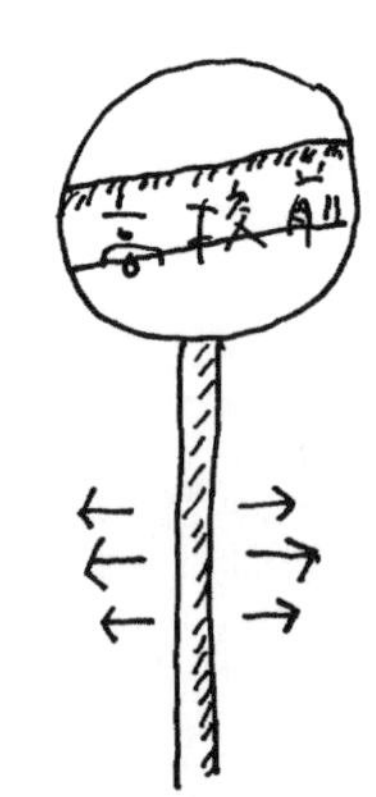

## 熱いトタン屋根の下

部活は野球がいいと思った。兄がそうだったし、地元の幕張では草の生えた空地や海岸などでよくやっていたのでなんとかなるだろうと思った。高校のグラウンド整地が遅れていて運動部の入部勧誘は前年より三カ月ほど遅くなっていたが春の日差しになると入部テストがあった。当時ぼくは百七十五センチ、六十キロぐらいで野球にむいている体型だった。さらにテストは軟球だったのでこれならイケル、と思った。

打撃はなんとかなったが捕球でしくじった。外野は大丈夫だったけれど内野はむずかしく十球中ひとつも捕れなかった。

その様子を柔道部の先輩が見ていて、うちの部にこないか、と誘ってくれた。ぼくは学校そのものと同じく部活もオチコボレ入部だったのだ。

先輩に同郷の青木さんがいた。この人は強くてカッコよくてタカクラケンみたいだった。その青木さんのようになりたくてバシバシ練習に励んだ。一年生は十五人いて、みんなヨソのクラスだった。

道場はトタン屋根のでっかい建物で、そこはむかし日本陸軍が使っていた大きな厩舎なのだった。入っていくと獣の臭いがした。

そもそもその高校は陸軍の兵学校の跡地を使っていた。校舎の一部もその頃のものだったから古びてなにかとガタピシしていて、夜には自殺した陸軍初年兵の何人もの幽霊が出る、と言われていた。何人もの——というのが怖かった。

あとで考えると、その自殺した初年兵はちょうどぼくたちと同じぐらいの歳のはずだった。馬小屋を適当に改造して作られた道場は、屋根がたわんでいて低く、一本背負いなどの大きな技がでると投げられた相手の足が天井にひっかかるような気がした。さいわい、そんな大技をつかえる人はまだいなかったのだけれど。

たぶん自分には柔道が向いているのではないか、と思えるようになった。練習がたのしかったからだ。でも新人の十五人のうち、三カ月間で残ったのは七人ほどだった。半分ぐらいだ。やがて夏になり、トタン屋根の道場はすさまじい暑さになった。

「この暑いところで練習できるのは強くなれる道なんだよ」

あるとき青木さんはそう言った。たった一〜二歳しかちがわないのにずいぶん大人みたいに思えた。

「暑いからといって道場のまわりを裸足で歩いてはなんねえぞ」

とも言った。厩舎の跡の土地は破傷風菌がたくさんいたり、狂犬病の犬がうろうろしているという理由だった。狂犬病ウィルスにやられると太陽の光が恐ろしくなり、恐水病ともいわれ、水が飲みたくて飲みたくて我慢できなくなるけれど実際にはまったく水が飲めなくなるという厄介な病気になるらしい。本当に数年前にそういう病気で苦しみぬいて死んだひとがいたという。

「だから夏場の練習になると滝のように汗をかくけれど、水は沢山飲みな。飲めるうちに飲んでおくんだ。飲まないと脱水症で死ぬからな。そうなったらしょうがない。水を飲んでも飲まなくてもがいて死ぬんだよ」

青木さんはそう言って笑った。先輩というのは迫力があるな、とそのときつくづく思ったものだ。

沢野君は美術部に入ったが、部室がどこにあるのかもあまり知らなかった。部員が二十人ぐらいいて八割ほどが女生徒らしい。一度柔道部の練習のおわりにみんなで学校のまわりを走っているときに学校の横の疎林の前で組み立て式の立脚式の画板を前に絵を描いている生徒らとであった。

目の前に立てられる組み立て式画板をイーゼルというのだ、とあとで沢野君から聞いた。その偶然のハチあわせでは互いに見て見ぬふりをしていた。美術部の女生徒はみんな街の人みたいにきれいで大人に見えた。うらやましいなあ、と思ったけれど脱水症と同じでどうすることもできなかった。

「ちあきがいるぜ」

上級生で一番ふとっている中上先輩が言った。

「無駄口たたくな」

誰かが走りながら怒ったように言い、「ワッセワッセ」と別の誰かが言った。そうしてぼくたちはドカドカと裏門に向かう斜面を降りていった。

上級生がそのとき言った「ちあき」というのは美術部の女生徒だ、ということがあとでわかった。

部活が終わると服や鞄などをとりに教室に戻らなければならない。行くと四、五人が教室の隅にいてタバコの回し飲みをしていた。

腹にサラシをまいてそこにドスを差し込んでいる、というのが自慢のKと、その仲間らしいのがいた。ヨソの学校からきた生徒もいるようだった。Kはその仲間にいいところを見せるつもりだったのか、ぼくのそばにくると柔道着の襟をもって腕でグイと持ちあげるようにしたが、人間はそんなに簡単にはいきなり持ちあがらない。

そのかわりのように「てめェ！　協力金のことはわかってるなあ」と、すんごい巻き舌で言った。自分の言っている言葉に急激に興奮しているようだった。

答えるコトバはなかったのでぼくはずっと黙っていた。

キムラ・シンスケ

一週間ぐらい後に沢野君とまたバス停で一緒になった。彼は同じ美術部らしい女生徒と一緒だったけれど何か用ありげにぼくのほうにやってきた。それで歩いて話をしながら駅まで行くことになった。

沢野君は歩きながら鞄から折り畳んだペラの新聞をひっぱりだし、ぼくに見せた。目鼻だちがはっきりして髪の毛ハラリのいかにも賢そうな青年の写真がその新聞に載っていた。

「このヒトがぼくの共犯者です」

沢野君のそういう紹介はいきなりだったし謎だらけだったが、すぐに本当のところがわかった。例のバスの停留所のポールグラグラ事件のことを言っているのだった。木村晋介、キムラ・シンスケという名が出ている。記事は「自動チリトリ機」を発明した高校生、と見出しにある。東京の一地域で出ているローカル紙のようだった。改めて写真をみた。いかにも賢そうな、ＮＨＫテレビ「青年の主張」なんかでしか目にできないキリリとした顔だった。

「このヒトが最初に『持続するエネルギー』を発見したんだ。それからカラカサヤジロベエの実験を自分でやって見せたんだよ」

沢野君の話はまたしてもナゾが多かった。

「なに？　ヤジロベエ？」

「雨の日に神田川にかかっている橋の欄干の上をカラカサをさして渡った最初のヒトになったんだ」沢野君はそう言った。「中学の先生に少し怒られたけれど木村君は「科学が発展していく過程には必要な障壁だった」とビクともせずにそう言ったんだよ」沢野君は少し空を見あげ、誇らしげだった。

# まあいいや、どうだって

## ならず者専門用語

ぼくのクラスには自称「ならず者」のKと、そいつと親しいトッポイのが二人いていつもつるんでいた。三人はこの高校にきてそれぞれ知りあったようだった。

Kを中心にして休み時間にはたいてい教室の端にあつまってタバコの回し飲みをしていた。本当に好きでタバコを吸っているんじゃなくて、悪そうなところをまわりに見せつける、という目的があったようだった。悪ぶってはいても毎日登校してちゃんと高校生になっているのだったからそのギャップがちょっとおもしろかった。

がなりたてるような自慢話が多いので聞いているのはいやだったけれど、Kはわざと大きい声を出しているようだった。しかも作為的とわかるかすれたような声だ。トンガリ君とそこがちがっていた。

主にKのヨタ話が中心で、ドスとかヤッパとかテッカリ（マッチ）などというチンピラが言っているようなことをよく喋っていたが一方的に聞かされている他のまともな生徒らには迷惑だったはず

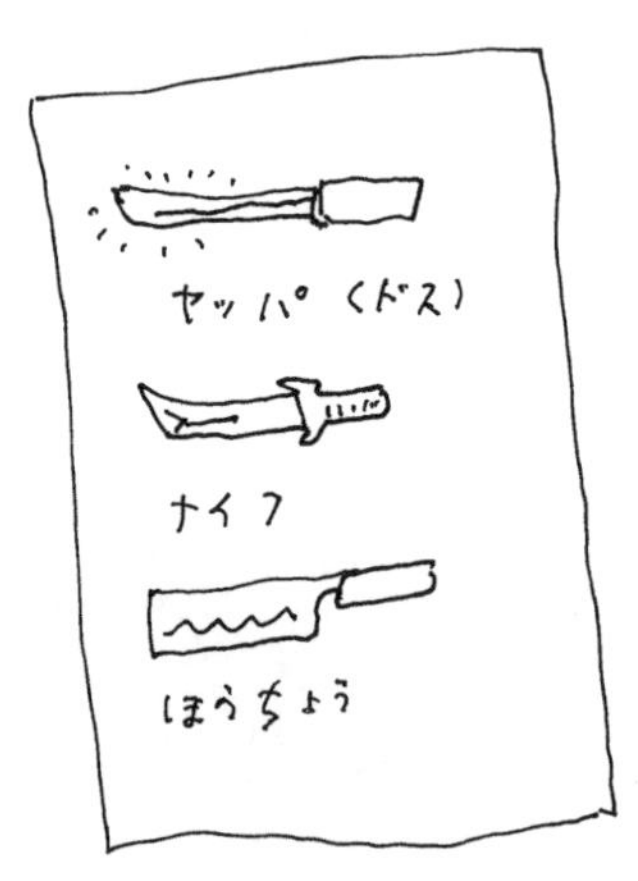

だ。

Ｋは近眼でメガネはかけずにいるので教室の一番前の席だった。他の二人はそれぞれ離れたところに席があったから授業がはじまると別々になり、教室全体がホッとした空気になった。

教師にもいろんな人がいた。非常に個性的だったのは英語の石倉で、イライラとネチネチがあわさったようなヒトだった。なぜか教師という仕事と、同僚の教師と、生徒全員に対して腹をたてているようだった。生徒のことをバカにした口調で「お前らあ」と言っていた。

「お前らにはなあネチ、こういったことはネチネチ、なにもネチ、わからないだろうけれどなあネチネチ」

というかんじだった。だから生徒のほうはみんな引いていた。

石倉はバスには乗らず駅からタクシーをとばして学校にきていた。その行為もやっぱり何かに腹をたてているからのようにみえた。何に腹をたてているのかはわからなかったが、ハラをたてられても生徒はどうしようもなかった。ぼくは高校に行ったら英語だけはしっかり勉強しようと思っていたのだが、この教師を前にするとそういう気にはならなかった。むなしかったけれど仕方がない。

「まあいいや、どうだって」

そう思った。

斜め前の席にいる沢野ひとし君がその頃「まあいいや、どうだって」としきりに言っていた。沢野君は影響力が強かったのでそれがぼくにも伝染していたのだった。でも何がどうして「まあいいや」なのかはわからなかった。わからないことだらけだった。

沢野君にそのことを聞くと、

「シュタインが言っている連鎖反応の敗北ってことだよね。彼の思考基盤も結局それに呼応しているんだからサ」

などとやっぱりナゾのようなことを言った。ぼくはわからないなりにそれに食いさがった。

「誰が敗北したの？」

すぐに明確な返事はなかったがしばらく話しているうちに、彼がいま読んでいる文学雑誌に出ている、ということがわかった。そのなかに安岡章太郎という作家の「サアカスの馬」という短編小説があった。

安岡自身の少年の頃の話で、いま思うに、それはぼくが生まれてはじめて読んだ私小説だった。

ものすごく繊細だけれど運動神経のニブい主人公が何をやってもダメでそのたびに「まアいいや、どうだって」と呟くのだ。

バスの停留所での物理学にしても、その「まあいいや問題」にしても、沢野君のフシギな頭と思考は常によくわからないのが妙に魅力的だった。

## 不意打ち作戦

その頃、ぼくはKを襲撃する、という作戦をひそかにたてていた。そのたくらみはできるだけクラスのみんなが見ているタイミングがいい、と思った。さらにやるんなら最初の一撃できっぱりキメなければならない。つるんでいる三人が組になってくると面倒だからだ。

喧嘩は中学のときに軽いかんじでよくやっていた。漁師町に育ったから喧嘩はスポーツみたいなものでしばしばまきこまれた。勝ち負けはあいまいなことが多かったがなんらかのカタチで参加してることが大事だった。たくさん体験すると確実に度胸がついたし、技術（！）も上達していく。

喧嘩の噂はたいてい無意味に膨れてすぐにひろがり、それが次の喧嘩に有利にはたらくことがあった。娯楽が貧弱なその時代は町なかのそんな喧嘩も娯楽の一種のようになっていたのだった。

その高校での初のタタカイにはKらのタバコ時間を利用した。強がってはいるけれど、その時、気持ちの芯はドキドキしているんだろうな、と思ったからだ。三人のうちの誰かがタバコをもみ消してそれぞれ自分の席に戻った頃が狙い目だった。

そう決めるとすぐにチャンスがやってきた。石倉の英語の時間の前だ。石倉は教室がタバコ臭かろうと誰かが早弁をしていようとまったく興味はないようだった。そしてKたちはその時間をうまく利用しているのがよくわかった。Kがまるでマチのチンピラそのものなのと、石倉が無意味に横柄なのとが重なっていたからだろう。クラスのおとなしく真面目な大多数の生徒らがみんなイライラしているのもよくわかった。

ぼくは席に戻ったばかりのKのそばに行ってごく自然に「いま、ちょっといいかい……」と、適当なことを言って仕掛けた。

　ちょっと用があるから後ろのほうに……という声のない呼びかけにKはすんなり反応した。やつがずっと言っていた「協力金＝ミカジメ料」みたいなのをぼくが払う、などと理解したのかもしれなかった。でもなんでそんな曖昧な時間に？というナゾもあったはずだ。呼びに行ったとき、なんの用だ？という顔つきをしていた。でも机と机のあいだの狭い通路をKは先にたって歩いていった。Kの身長はぼくと同じくらいだったが体はひとまわり大きかった。

　癖になっているらしく何時ものように肩をあげ、それをゆすりながら先に歩いていく。日頃、チンピラかヤクザみたいな口ぶりのわりにはずいぶん不用心だな、とそのとき思った。もっともぼくの不意打ち作戦を奴は気配としてもまったく感じていないようだった。教室のうしろ側の壁まであと二メートルぐらいになったところで、ぼくは後ろからKの腰のあたりを狙って力をこめて蹴った。素足だった。ズックなど履いていなかったからそのケリはみごとにKの腰の真ん中へんにあたり、Kはすごいイキオイでふっとんだ。頭から板壁に激突し、這いつくばったままでっかいヤモリみたいにもがいていた。ぼくの卑怯な不意打ち作戦はまずは成功したのだ。

　Kが日頃吹聴しているように、本当に喧嘩慣れしているのなら、まだダメージは一発の蹴りだけなのだ。そこから死にものぐるいで反撃してきたら危ないな、と思った。その恐怖もあって、Kが驚愕した顔でこっちを向いたところをさらに二、三発、しっかり腰をすえ力をこめて蹴りつけた。そのうちのどれかがやつの鼻のツケネのあたりに決まったようだった。

　Kがよく言っているように本当にサラシの腹巻の下にドスなど隠していて、逆上してそれを抜いてきたとしたら、そんなのと喧嘩した経験はなかったからぼくはたちまち逃げねばならないところだった。

気がつくと教室中がシーンとしてクラスのみんながそのありさまを見ているようだった。Kは何がなんだかわからない感じでゆっくりうろたえていた。奴の仲間たちは誰も出てこなかった。教室中がずっとシンとしていた。

引き戸がいきなりあいて、石倉がいつものセカセカした歩き方で教室に入ってきた。奴は奴でどっさり積もったその日のイラだちをこれから力をこめてバクハツさせるつもりらしかった。

## 単純で強引

柔道部の練習は道場にやってくるとそれぞれが自分なりの柔軟体操などをしてはじまる。

それまでよくやっていた「腕たて伏せ」の運動も高校でははるかに進化した形になっていた。以前のそれは上下に腕の曲げ伸ばしをして筋肉を鍛えるだけだったが、武道系では足を左右にひらき、従来の腕たて伏せの上下運動に前後方向への反復運動、斜めの前後方向への反復運動が加わるので、ずっと複雑な動きになる。それと同時に全身に負荷がかかっていかにもすべての筋肉に効きそうだった。そのあと側面や背面の運動を組み合わせて、複合のプッシュアップを百回。そのセットを三回くりかえす。

リーダーはたいてい青木先輩だった。暑い季節になってくると最初のそういう準備運動だけでけたたましい汗が吹き出て、その汗が目に入ってまわりが見えなくなってしまうがそういうことに頓着している余裕はなかった。次の段階は部員が向かいあって代表的ないくつかの基本技を反復してかけるまでのやり取りだった。またもや大量の汗が吹き出てくる。

そしてようやく互いに自由に技をかけあう「乱取り」になっていくのだ。いやはや柔道の練習というのは実に単純で愚直で強引なものだった。

## 風の青年

「沢野君は最近学校を休みがちだけれどけっこうマメに部活動には来ているんです」という話を同じクラスの上島凱陸(がいりく)君から聞いた。名前でわかるように彼の父親は軍人だった。外地で終戦をむかえたが帰国はしなかったらしい。それだけで戦犯だったという。凱陸という名の息子がいるのに帰らなかったのはなにか深いわけがありそうだったが、父親の話になると上島君はとたんに不快で悲しげな表情になり、そのことについては何も話さなかった。

上島君は痩せて背が高く、季節と関係なく丈の長いレインコートを着て、どこか風の又三郎みたいだった。気になったのはちょっとヘンな喋りかたをすることだった。

学校以外のところで数本のタバコを喫っていると言っていた。憂いのこもったハンサムな顔で紫煙に目をつぶりながら趣味のマンドリンを弾き、詩を書くという、まわりとは超絶した不思議な存在感があった。

当然ながら女生徒にたいへんモテた。そして沢野君と仲がよかった。ぼくのようなジャガイモ顔のガニマタ男とは身分が違うのだった。

上島君は自分に対して興味があり、沢野君は〝次元の違う〟どこかヨソの世界に意識が向いているようだった。二人に共通しているのはブンガクで「あんご」とか「かふう」などと暗号のようなことを言っては互いにうっとりしていた。

だいぶあとでわかったことだが坂口安吾とか永井荷風のことを言っていたのだった。ぼくは「荷風＝にふう」とばかり思っていたので「かふう」とはスキをつかれたなあと思い、すっかり驚いて、それからは作家の名前には用心するようになった。

沢野君が美術部の活動によく参加しているのにはわけがあるんだ。と言ったのはまたもや上島君だった。

「あの人は本質的に女が好きで、それがよくわかるからモテルんですよ」

上島君は友達にも丁寧な口のききかたをする。その日もキッパリそう言ったが、具体的にどういう意味なのかぼくにはよくわからなかった。

「まあいいや、どうだって」

と、思った。

## 月下の少年プロレス団

鼻ツマミ者のKが眼鏡をかけて登校するようになった。最初見たとき、転校生がきたのかと思った。

眼鏡をかけるとKは印象がかなり変わった。眉間のところにできる皺が、縦横の眼鏡のツルにかくれ、全体がちょっと苦悩に満ちた学者顔になり、教室でいきなり顔をあわせたりすると「やっどうも失礼」などと挨拶しそうになる。実際にはKのほうがオドオドしていて一歩下がったりするのでしばらくはどうもヘンテコだった。

見ているとKはクラスのほかの生徒とあまり違わないようにしているようだったが、授業になるとなんと積極的になり、しばしば教師に質問などをしていた。相変わらずボソボソした声と喋りかただったけれど質問の内容は真剣だった。

Kが質問するとクラス中の生徒が耳を傾けるようになり、英語教師の石倉など最初は、

「ふーん。なんだあ?」

などという態度だったが、それもたびたびとなると、いままでそんなことがなかったからなのか、石倉のほうもだんだん本気になってそれに答える、というコトになっていった。

あの一件以来、思いがけなく「いい展開になってきたなあ」と思った。Kはみんなに認められ、女生徒を含めて教室のなかにいろいろ新しい友達ができてきたようだった。

Kもいまの状況のほうがかつての不思議な孤立状態よりも気持ちがいいらしく、顔つきも徐々に変わってきているようだった。その一方でぼくは妙に曖昧な立場になっていった。もともとあちこちそんなに友好的ではなかったので少し寂しい気もしたが、何かさらに変わる、ということもなく過ごしていたので、やはりこれも「まあいいやどうだって」だった。

樫建(かしけん)という体操教師は熊本の出身で、もの凄くゴツゴツした体をした筋肉自慢だった。何年か前の国体の「ハンマー投げ」で入賞したことがあり、それが自慢だった。自分のクラスは持たず、担当授業は体育と保健。

顔と体つきを見たとき、少し前に来日していて日本プロレスのリングで闘っていたドン・マヌキャンというプロレスラーにそっくりだと思った。もりあがった肩や胸の筋肉などTシャツを通してもよくわかり、威圧的だった。

この鉄腕教師の凄い、というか、恐ろしいところは、ときおり校庭で鎖のついた鉄球を投げることだった。ハンマー投げである。

校庭はもともと陸軍兵学校跡だったので赤土によって広く敷きつめられ、通常の校庭よりも細長かった。でもそこに野球部とサッカー部とテニス部などがひしめきあっている。

鉄腕乱暴教師は校庭の一方の端に立つと、何の警告をするわけでもなく、いきなり鉄の球をグルグル振り回しはじめる。その強引で一方的な始まりは九州男児そのもので、黙っていても、「わし、これから鉄のカタマリを遠くまで投げはじめるけん、各自勝手に着弾距離を判断して逃げるよーに」

と、言っているのにちがいなかった。

この教師のことは全校はもとより行政のあいだでも有名だったらしい。しかしその蛮行をとがめる声もなく教師たちは「それでいいのだ」とバカボンの親父のような対応をしているようだった。あるいは教師のあいだでも恐れられていたのかもしれなかった。

柔道部には三年生の転校生がきた。大阪の高校から転校してきた。空手部にいたといい、こっちも素晴らしい筋肉をしていた。いい戦力になる、と部の担当教師は嬉しそうに紹介した。堀田という名前だった。

夏が近づいていた。

高校に入ってからいままで中学時代の仲間たちと一度も再会していなかった。高校は思っていたよりも忙しく面白く、むかしのようにみんなで遊ぶ、ということがなくなっていた。それでは寂しい、と思ったらしく小島君がやってきて同窓会みたいなのをやらねば、と、妙に焦って言った。それにはぼくに考えがあった。

「今度の週末の夕方に矢野農園でみんなで会おう」

「なんであの農園なんだ？」

「花見川の後ろがわで大会をやりたい」

「ん？　なんの大会？」

「いやまだ何とははっきり決まっていないんだけどな。なにしろこれから大会をやりたい場所の矢野農園と話をつけるんだからサ」

そういうふうに決まったわけではないのだけれどぼくの頭のなかではすでにその風景があった。

「よくわかんねーな。でも、何をやるかはお前にまかせてしまっていいんだな」

これまで何かみんなで遊ぼうというと常にそうだった。ぼくは仲間たちから「遊びの天才」と言われていた。

矢野農園の息子は中学の同級生だった。だから彼も立派な同窓会の一員だった。

電話で大雑把にその日の作戦を話し、協力を頼んだ。

「いいよ。とにかく」

矢野君の返事はいつも同じだった。


みんなが集まったのは夏休みに入ってからだった。海水パンツをはいて、海ではなくてむしろ山のほうにある矢野農園に夕方集合、というとみんなそれぞれ不思議かつ不審な顔つきで集まってきた。それでも会うのはみんな四、五カ月ぶりぐらい、というので懐かしさに満ちた顔をしている。海水パンツ着用についての謎はあらかた顔ぶれが揃ってから言った。そうでないと何度も言わなければならない気がしたからだ。

少し早めに行っていたぼくは矢野君に言って農園でよく使っている巨大な消毒布と直径十センチはある丸太がほしい、と頼んだ。丸太は一・五メートルぐらいの長さに切って貰い、四本用意した。それにカケヤ（大きな木槌）と、石油ランタンをふたつ。蚊取線香をいくつか。

「水はどうする？」と聞くのでぼくがウーンなどと唸っていると、

「釣りボックスにぶっかき氷二貫目と井戸水を一升瓶に入れて冷やしておいたよ」と矢野君はクラクラするようなことを言った。

この友達はこんなふうにしてぼくのいろんな遊びの我がママに一生つきあってくれることになる。集まった友達はその矢野君ともう一人を除いてみんな運動部に入っていた。野球部が二人いた。夏休み前にレギュラーを勝ちとっていて、その夏行われる高校総体に新人として出場することが決まっていた。

小島君は中学のときに市が開催する中学陸上大会の三段跳びで優勝していた。米倉君はボクシングに技量を見いだし、先月行われた新人戦のときに人生初のＲＳＣ（レフリーストップのノックアウト勝ち）をおさめて一躍全国的に注目された。（この幼な馴染みはやがて東京オリンピックに出場し、大学生にして世界に名を広めた）このほか水泳、卓球、サッカーなどで活躍している友達がいた。

## ハテナの決め技

「で、おれたち、なにをやるんだい？」

「ここでこんな夜に水泳パンツになると蚊にくわれまくりだなあ」

集まった友達からやや不満の声が出た。

そりゃあそうだろうなあ、と思いながらぼくはすべては説明せず、花見川を渡ってその後ろ側にある山道にみんなでいろんなガラクタをかついではいりこんでいた。高さ五十メートルぐらいの小山である。ぼくはずっと以前このあたりを流れる小川をさかのぼり、候補地の見当をつけていたのだ。杉の疎林のなかの緩い斜面だ。あらためて目的をもって見ると、ちゃんと丸太を四本打たねばならないかなと思っていたのだけれどちょうどいいところに自然の立木が二本生えていた。これを利用してあと二本は丸太を打ち、そこにちょっとごついロープを縛ってまわし、どれもきっちり張り詰めて縛る。その作業を手伝っている友達はぼくにいろいろ聞いてくる。だんだんわかってきたらしい。

「これってボクシングのリング？」

「いや、もっとなじみの力道山！」

「えっ！　プロレスのリング？」

「真夜中の秘密のワールドリーグだ」

「誰がやんの？」

「おれたちに決まってんじゃないか」

「ヒエェ！」

驚きと期待がまざっているような笑いがおきた。そして一時間ほどで山の中腹にプロレスのリングが完成した。

三日月が出ていた。

リングをかこむ二本の杉の木に石油ランプをぶら下げるとそのとたん、といっていいくらいのタイミングで山の中のあらゆる蛾虫、甲虫、蚊の濃縮された群れなどが集まってきた。ぼくたちはそのな

かで水泳パンツになった。虫がいやで脱がないやつは服のままでいいことにした。

対戦組み合わせはジャンケンと申し込み制にした。みんなじわじわコーフンしていくのがわかった。プロレスでよく見る、ロープに走っていってその反動で体当たりするのを試しでやってみると本当に弾んでくるので面白かった。不用意に倒れれば山の斜面とぶつかることになる。矢野農園で使っている消毒布を敷いたのはわれながらいい思いつきだった。厚くて大きいのでそこまで担いでくるのは大変だったけれど、日頃激しい運動をしているのが多かったからそれほど大きな問題ではなかった。

リングの中にそれを敷くと靴をはかずに、つまりハダシで格闘技ができた。もっともそれをやっているのはぼくだけで、小島君と米倉君は足を大事にするのでバスケットシューズを履いていた。

運動部にいるみんなは鍛えられていたのでいろんな組み合わせでも心配はなかった。最初はふざけてやっているのが多かったけれど、本気で力をこめてやらないとかえって危険だ、ということにみんな気がついていった。

それにしても、自分が仕組んでいるものの我ながらなんという異様な光景だったろう——と思った。夜釣りに来た人などが何だろう?とそばまで来るかもしれないなあ、と用心していたけれどそういうこともなかった。その夜のことを思いだすと、遠くからなんだかわからず見ていた人は、どうもキモチワルイ光景に見え、こっちに近づいてこなかったのかもしれない。

あいまいなトーナメントで準々決勝ぐらいのときにぼくと小島君があたり、ぼくは彼の背後から腰のあたりをもちあげ、後ろに投げ捨てる、というあぶなっかしい技をしかけた。見よう見真似でかけたバックドロップというやつだった。いつかこれをかけよう、と狙っていたのだ。

崩れ落ちた小島君はすぐには起き上がってこなかったので、みんな心配になった。どうにかなってしまったのかもしれない。でもそのうちヒエー?など言いながら小島君は起き上がってきて、みんなホッとした。

でも立ち上がった小島君は「あれ?」「んんん?」「なんだこりゃ?」などと言っている。すこしたってわかったことは彼の首がまっすぐにもどらない、ということであった。

つまり少し曲がってしまって、自分の力ではもとに戻らない、というのである。

よく考えるとそれはタイヘンなことではないか。足の筋肉は激しく強いが首の筋肉はいまいち、ということらしかった。

小島君は「ハテナ?」の恰好のまま、遠くを見たり、近くを見たりしている。そのまわりをさっきよりもさらにイキオイをもって増えている蛾虫のたぐいがわらわらワンワンとびかっている。

大会は、きりよくそれでおわりになった。

矢野君が用意してくれたぶっかき氷ヒエヒエの井戸水が夜中の山のなかでとびきりうまかった。

# 風雲砂埃(すなぼこり)山

## 入道雲は見ていた

夏休み前の全校一斉消毒の日だったので、授業が終わるとすべての部活、それに準じた放課後の催し、個人学習などみんな禁止された。わざわざ土曜日にしたのは生徒がどんどんいらない荷物を持って帰れるように、と考えたかららしい。部によっては個人的なことも含めてしぶとく活動しようと思っていた生徒もいたようだが、学校側の姿勢はいつになく頑強で、ハンマー投げの鉄腕乱暴教師の樫建などは校庭の真ん中に立って軍隊学校が使っていたようなでっかい野外スピーカーで嬉しそうに「おまえたち、みんな帰れえ。もし隠れて何かしていた者などがいたら即座に排斥するけん、加えてそれなりの処分を覚悟しとかないけんぞい」などといつものガサガサ声をはりあげ、恫喝そのものの口調でそんなことを言っていた。だからなのか校舎の廊下を行く者、校庭を横切る者、誰もがみんな走っていた。どんな理由でも校庭の乱暴教師とはかかわりあいたくない、という単純な理由がそういう態度に共通していたようだ。

柔道部の担当教師は「この週末を使ってみんな道着（柔道着）を家に持ち帰って洗濯しておくように」と道場まで来て何度か言っていた。

「洗濯するときは、みんなうちの人に迷惑かけないように流しやタタキの上で小石だの太縄なんかを使ってワシワシ力込めて洗うんだぞ。なにしろお前らの道着の襟の縫い目なんかはいろんな虫が住み着いているんだからな。だからそんなのをみんな始末してくるんだぞ。それでもまだ道場に残っている道着が見つかったら管理さんに頼んでみんな処理してもらうからな」

担当教師は汗をひからせながら力強くそう言っていた。管理さんというのはその時代ぐらいまで全国の学校で強大な力があったいわゆる「こづかいさん」のことだった。この人が「焼却します」と言ったらその物体は確実にこの世から消える、というコトだった。

午前中から清掃業者の人が十人ほど校庭に集まり、普段見たことのない専門的な機械などが運びこまれ、全体にタダナラヌ状況となっていた。なんとなく空気が真っ赤になっていて空には夏の大きな雲が静止しているような気がした。校庭のハンマー投げ先生はなんの意味があるのかまだ仁王立ちになって何か喋りたそうにしていた。

ヘンな因縁をつけられないためにぼくはそいつをまったく見ないようにして足早に道場に行って目的の道着を手にするとするするそのまま校門を出た。

バス停の前をとおりすぎたあと、いつの間にか後ろに誰か同じ歩調でついてくる者がいることに気がついた。

用心してふりかえると、マリオネットみたいに長い手足をふりまわし、ぼくのすぐ後ろでニカニカ笑っている沢野君だった。

背中に大きな木でできた美術の専門道具みたいなものを背負っている。不思議に懐かしい姿に見えた。そうだ。宮本武蔵と巌流島で決闘をした佐々木小次郎が丈の長い刀を背中にしょっていた。あの姿が連想される。

「おお。しばらくだなあ」ぼくはなんだか嬉しくなってそう言った。

沢野君はこのところ学校で姿を見なくなってしまったが、風の又三郎の凱陸君が「彼は教室には顔を出さなくても部活には来ているんだよ」とよく言っていたので、いつも自由を求めている沢野君らしいな、と感心しながらそういう話を聞いていたのだった。

それらの変化にはなんとなく彼の家とか家族に問題があってのことのような気配もしたが、そういう微妙なことは本人が何か話すまでは知らん顔していることにしていた。

その日、互いにバス停を素通りするということは駅まで歩いていく、ということになる。沢野君はやがてぼくと並んで歩き、背中に背負ったものがよく見えた。

絵を描くときに目の前に立てるイーゼルとかいうやつだ。彼もそれを部室に置いておいて始末されたりしたらまずい、と思いその日運びだしたのだろう。でもバスを待っているうちに、その大きなものはバスに運び入れられないかもしれない、と気がついたのかもしれない。

彼と話をするのは久しぶりだったけれど、だからといってとくに慌てて知らせたいコトや聞きたいコトがあるわけではなかった。

「いい絵、描けてるんか?」

ぼくはなんとなくヨソユキの質問をした。

「まあね」

まったく予想したとおりの返事がかえってきた。歩いて駅まで行くときにはたいてい畑の真ん中を切り裂いていく細い道をのんびりすすむ。同じ高校のブラスバンド部のメンバーがせかせかとぼくたちを派手に追い抜いていった。見た顔もあったがそんなに親しいわけではないので黙ってやりすごした。

久しぶりに行く道だった。それを知らせるようにしだいにあたりの風景が変わってきていた。そのいちばんのちからは色だった。季節によって大きくまわりの色が変わってきているのだ。それは素晴らしい発見のような気がした。

我々の行く正面に立ちふさがるようにしてでっかい入道雲が出ていた。その日は朝から快晴だったのでさっき校庭を横切るときも入道雲は頭の上に出ていたのだろうけれど、ハンマー投げ先生と目を合わせないためにずっと下をむいて走りすぎてしまい、気がつかなかったのだ。

季節はめぐり、あたりはもう風景全体で夏を迎えようとしているのに気がついた。「おお、沢野見ろよ。入道雲ちゃんだ」

ぼくはついついそう言ってしまった。

なんだ。そんなことか、とでも言うように沢野君はのったり空を見あげ、

「シーナ君。それは違うよ。あれは入道雲ちゃんじゃないよ」

と、言った。

「何を言ってるんだ。こないだまでお前は世の中のなんでも親し

みをこめてそんなふうに愛称をつけていたじゃないか」

「うん。だけどなあ、入道雲はあれだけでっかいだろう。だからあれは入道雲ちゃんじゃなくて入道雲さん、って言うべきなんだよ」

なーるほど。ぼくは感心してしまった。そして「このヒトにはもう何も勝てないんだろうなあ」

と、思った。それでもこれは実際には高校生同士の会話なのだった。ドコソコ幼稚園の年長ヒマワリさん組の園児の会話じゃないのだ。この話題で話を続けてしまうキケンを感じ、ぼくは慌てて話題をかえた。

## 石の雨作戦

沢野君の中学の友達、発明王のキムラ・シンスケ君の近況がどうも気になっていた。

ぼくからみると沢野君やキムラ君のいたところはなんだか懐かしい未来世界のヒトビトが住んでいるような気がしてならなかったのだ。

「ああ。つい最近、彼と電話で話したよ。彼はいま、昨年発明した自動チリトリ機の改良型マークIIというのに取り組んでいて、もう設計図にすすめる段階になっているらしいよ。設計図といっても古新聞紙に書いてるんだけれどサ」

沢野君やキムラ君の話にはどことなく知的感性とか知的ドリームなんてのがふくらんでいるように思った。ぼくが自分の出身中学の仲間たちとつい最近やった月の夜の山の中腹でのプロレス大会とはずいぶん次元の違う話であるような気がしたのだった。

「改良型というのはどんなふうになるの？」

いまの型もよく知らないのにそんな質問にどういう意味があるんだろうか、などと思いながらもぼくは聞かねばいられなかった。

「うん。路上を自動的に動きながらチリやゴミを回収するらしいよ。そのときの移動エネルギーをゴミやチリの回収エネルギーにきりかえるときのギアチェンジが難しいらしい」

ウーン。またしてもエネルギーか。そしてその話の片鱗からはすでにそれ以上の理解や会話は難しそうだった。彼らの世界はあまりにもぶっ飛びすぎていた。ぼくは嫉妬にも似た閉塞感に封じこめられそうだった。

「科学の原理の解明は案外単純かつみぢかなところにヒントがあるんだよね！」沢野君の話は続いていた。

「あるんだよね！」などと言われてもぼくにはその話のつながりには知識も何もないのだからそれ以上の会話にはならない。

「前にね、キムラ君と作戦を練っていてね、ぼくたちの町ではそこそこ有名な五差路があるんだけれど、そこにもっと躍動的な地域名物を考えることにしたんだ。そのとき〝石の雨〟というプランが浮かんだんだ」

沢野君はまたわけのわからない話をはじめた。

「ん？　何、石の雨？」

「うん、空から石が降ってくるんだから、やっぱりそう言わないとわかりにくいでしょ」

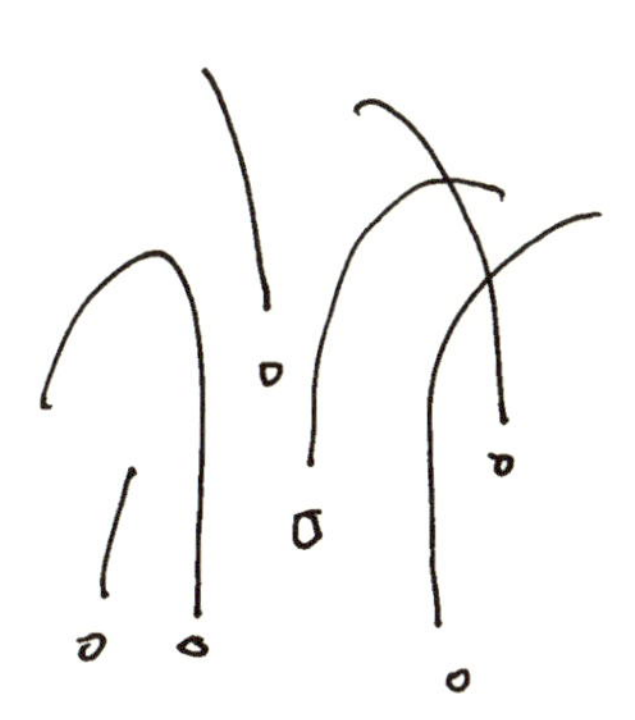

「うん。でもなんで石の雨?」

「うん。それなんだけれど。よく考えればなんとかなると思ってさあ」

「そういうの、考えてなんとかなるものなのかなあ」

ぼくは食いさがった。

「キムラ君がいれば大丈夫」

「え?」

「そういうもんなんだよ」

「え?」

会話は断片的になり、どんどん方向を失っていくような気がした。

瓜畑が見えてきた。そのあたりでは黄色いメロンとか縞々の瓜などを育てていた。農作業の邪魔にならないかぎり、そのあたりまで柔道部の練習でよく走ってきていた。

駅に着くまでさらに沢野君とキムラ君の作戦、という話を聞いていった。それはたしかに〝作戦〟だった。

沢野君は言った。

「このあいだ話したバスの停留所のポールグラグラ作戦と基本は同じなんだけれど忍耐とココロザシの問題なんだ。ある日、ぼくたちは場所と時間を決めた。場所は中野の五差路だね。時間はキムラ君が慎重に考えて、学校から帰る、午後四時にした」

沢野君はものすごく慎重に言っているようだったのでぼくは心をこめて深くうなずくしかなかった。

「それから三日とあけずぼくたちは人通りや人目に注意してまじめに五差路の五つの路のどこかに行ってそのあたりにころがっている石をかきあつめ、二人して空に小石を盛大に投げたんだ。小石の落下する目標地点は常に五差路の中心あたりだ。ぼくたちは毎日毎日それをちゃんとやっていった」

「目標、目的をさだめ、ちゃんと遂行すればどんな思いもかなう、というコトバがあるけれど、シーナ君、それは本当なんだよ」

沢野君の目にちからが入っていた。

逃げる、としたらいまだな、とそのとき一瞬思ったけれど、体が動かなかった。

畑のあいだの路ばたに腰かけながら、ぼくは結局沢野君の偉大な物語の結末まで聞いていた。

「あれは開始して三カ月ぐらいたった頃だったなあ。キムラ君から連絡があったんだ。それはこんな内容だった」

中野の五差路のあたりで最近不思議な噂がたっている、という。

「最近そのあたりにしばしば石の雨が降ってくるというウワサなんだ。まあそれだけなんだけれどねえ。どうだ。サワノ、何か思いあたることないか」少し笑っていたが、そのときキムラ・シンスケは不思議な包容力でもってそう言ったらしい。

# 頬に針をさしてもいいよ

夏休みに入ってその真ん中ぐらいに柔道の県大会がある。新人戦である。そのために一～二年生はそれまでよりも俄然厳しい練習に入っていった。三年の青木さんと、転校してきた堀田さんをリーダーに七月になるとすぐに合宿練習になった。

その頃、学校のごく近く（歩いて十分ぐらい）のところに警察学校があり、そこでも合宿がはじまっていた。そしてそこの警察機動隊と合宿訓練をすることになった。

柔道部の生徒らのあいだにひろがっていた「合同練習」という言葉が生き生きと語られるようになった。ただし語っているのは青木さんや堀田さん、柔道部の担当教師のあいだだけの話だった。

両者合同の炎暑合宿は八月に入ったらすぐ、ということになり、練習は我々高校生が警察学校の宿舎道場に通う、ということになった。それらが決定する前にぼくたちは何度も警察学校の道場に通っていた。

いくつかゆるやかな小山になっている甘薯や馬鈴薯畑のあいだの道をみんなで一列になって行者の行進のように粛々とすすんでいく。

行ったさきでは全国から集まってきた、そっちはそっちで芋頭（いもあたま）剝き出しみたいな新人機動隊員が待ち構えているのだった。

かれらにとっては運動不足のガルルル獣みたいになっているところへ好きなように「ぶっ飛ばせる」そこそこいじくり甲斐のある頑丈なおもちゃみたいな連中が「どうぞ好きなようにぶっ飛ばしてください」といってゾロゾロと毎日うちのめされたいとバカ面を見せにやってきているのだ。

我々を見て先方の指導教師はまず最初に「しばらく連続乱取り禁止」という、おてやわらか「オフレ」をだした、という話だった。そうしないと場合によっては五体バラバラにしてしまいかねない、とあやぶんだのだろう。

たしかにがしがしに太った全国の田舎からやってきたかいじゅうと続けざま稽古していたら骨折や打撲損傷ぐらいはたちまち発生してしまうだろう、という危惧を抱いたらしいのだった。

事実、その最初の稽古がはじまると、道場の空気がひとつかふたつぶん、大きくふくらまったようだった。道場そのものがぐいーんと乱暴にふくらまった気配がしていた。

約二時間の稽古がすむとテーブルの並ぶ大部屋に行って全員の食事になる。ぼくたちは匂いで初日がカレーライスであることを知っていた。無言の至福の時間が流れて交差する。喰いながら肉を口にはさみつつコックリコックリしているわれらの友人たちもいた。

この過激な練習は十日間続いた。ぼくたちはみんな徹底的にぶちのめされた。体格も顔つきも根性のようなものも随分違うが、毎日必死になってかれらにくらいついているうちに、まもなくはじまる「高校体育総体・新人戦」にむけてのアドバイスのようなものを受けるようにもなっていった。

「おめー、頭も顔もでかいからの。組み手がきまったら先に相手の鼻先に頭そっくり突ついてぶちかませば相手はすぐにクラクラしておめの勝ちじゃい！」などと本気の顔をしてどこか南のほうから来た人が言い、日頃顔が大きいのにやや悩んでいた大村先輩などは嬉しいような困ったようなあいまいな顔をしていた。

合宿がおわり学校に戻ってくると、いつもだと部室がわりの道場でそのままバタンとひっくりかえることが多かったが、少し前に全校一斉清掃のとき柔道部と剣道部、バレーボール部の室内練習所に問題がおきた、という話を学校に来ていた教頭から聞いた。

何事か、と一瞬緊張したけれど「蛇」があらわれた話、と聞いていきなり「のどか」な気分になった。

なにしろそのあたり、少し前まで陸軍が使っていた軍隊学校だったから、徹底調査をしていたら少年兵ぐらいの遺骨が出てきてもおかしくない、という話が生徒のあいだでときおり語られていたのだった。

蛇は「やまかがし」で、このあたりにはわりに多く見られていた。

「夏休みになって急にヒトの気配がなくなって蛇もみんなはどうしたのだろうか、などと不安になって出てきたんじゃないの」

山西という小柄な一年生が殆ど蛇使いの手つきでやまかがしをクルクル回し、そう言っておどけた。暑さのなかで蛇はへたっているようだった。給仕場があいていたので、お湯をもらいに行ったという二年生の福島さんがみんなに「ちょっと聞いてください」

と、いくらか改まった気配で言った。

「蛇どころではない事件があったみたいなんですよ」山西は言った。

「樫建先生が警察に呼ばれているらしいです」

なるほど、いっぺんに緊張するような話だった。柔道部員がみんなして山西に質問をあびせた。

「ちょっとすいません。ちょっと待ってください。いま説明します。案外単純なことなんで」

山西はうろたえからたちなおり、簡潔に説明した。

「樫建先生は生徒の姿が少なくなったあと毎日やすみなく練習をしていたらしいんですが、そのとき、バレーボール部の女子生徒がコートに行くために校庭を横切ったらしいんです。樫建先生はそれに気がついて、注意していたんですが、慌てた生徒のほうが転んでしまったようです。そのときに膝に切り傷を作ってしまった。そういう話なんですが、その生徒の親が、本校の校庭には破傷風菌の不安がある、ということを問題視して警察に訴えたそうです」

山西は話をしながらまた興奮してきたらしく、次第に論旨が乱れそうになっていた。

でも聞いている柔道部員にはだいたいわかってきているようだった。

「ハンマー先生はいま警察にいるのかな？」

「はい。そのようです。それは今日の出来事のようですから。いや、午前中の出来事らしいですから」

青木先輩が「先生のところに話をしにいこう。まだ知らないだろうから」と言って道場を出ていった。柔道部の担当教師のことを言っているようだった。とかく問題になっている鉄腕先生のいきなりの真夏の事件、というかんじだった。


この事件に関係していたのかどうか見当もつかなかったが、校庭の日陰に思いがけず上島凱陸君の姿を見た。

校舎を日よけにして、足洗い場に素足をいれて大きな麦わら帽をかぶっていた。ちょっと見た感じでは日本人とは見えない、そうした全体が日本の風景とも見えない、ずいぶんヘンテコな光景だった。

流しっぱなしになっている足洗い場の素足が気持ちよさそうだった。真夏というのに凱陸君の素足が白すぎる。

「おーい」

凱陸君が曖昧に片手をあげ、もう片一方のがわの頬で少し笑ったようだった。

「気持ちよさそうだなあ。うらやましいよ」

ぼくは立ち止まり、首にまいたやぼったいタオルで自分の顔や首筋などをぬぐった。

「いや、そんなでもないですよ」

相変わらず凱陸君は友達にも丁寧な口のききかたをする。

「いまはハンマー投げ先生もいないらしいからなにかとくつろげるね」

凱陸君はぼくの言った意味がわからないようだった。そうして何よりもハンマー投げ先生にまったく興味がないようだった。

「昨夜からねえ。奥歯が痛くて痛くて弱っているんです。高い痛みと低い痛みがグルになって攻めてきます」

「ああ。それは……」

他人の歯の痛みに何か助けになる言葉は何も知らなかった。ぼくがいまわかるのは自分の痛み、警察道場で巻き込み技にやられた胸の疼痛だった。骨ではなくて多分スジがやられている。

道場に戻ると半数ぐらいが畳の上にじかに寝ころんでいた。表面だけやけてしまった畳の上の眠りはあまり美しくない。

警察道場から自分の荷物を適当にからめて持ってきただけなので、これで解散になってもいいようにボストンバッグのなかに自分の荷物を押し込んでおくことにした。

風の入ってこない大きなトタンの平屋根の下でそんな程度の仕事をしただけで沢山の汗が吹き出てくる。

もうそれでこの夏の練習は終了。部員全体は解散らしいと、一年生部員が連絡にきた。そこでボストンバッグをひきずるようにしてぼくは外に出た。

また凱陸君と顔を合わせることになった。

「帰るんですか」

「もう、洗濯ものだらけになっているんでね」

「あのですねえ。とてもヘンな気持ちになっているんですけれど、ぼくはいま痛みがなくなってしまった。歯だけじゃなくて全身の痛みが消えてしまったんです」

思いがけない話なのでぼくは何と答えていいかわからなくなっていた。

「いまなら太い針かなにかでぼくの頬を突き刺しても大丈夫みたい」

「どうしてそんなふうに?」

「どうもクスリらしいんですよ。鎮痛剤。あれ、飲みすぎると効きすぎるみたいで。チアキさんに貰ったのがとりわけよく効いて、ぼくはいま宙に浮いているみたいですよ。ギターがあるともっといいんですけどねえ」

ジャカジャカと凱陸君の足もとに水道の水が景気よく流れている。

# 神田川

警察に呼ばれていた「ハンマーぶんまわし先生」はその日のうちに帰宅を許され、あとはなにごともなかったように過ごしているらしい。「もしかすると逮捕されるんじゃないか」という噂はネもハもないことで、先生は変わらず元気よくハンマーをぶん回しているらしい。

夏の乾いた空は動かないけれど地上ではいろんなコトがずんずんすすんでいき、やがて真夏の恒例、高校総体がはじまった。炎熱下の合宿や警察学校へ通って警官予備生にいいように投げとばされ、怪獣「汗まみれ」みたいになっていた苦難の日々の成果をいま晴らすとき、という気持ちになっていた。

高校総体の柔道と剣道の試合は改装したばかりの県立体育センターで開会式が行われ、その場で組み合わせの抽選会があった。わが校からは大村先輩がクジ引きに挑んだ。

大会の成果の何割かはこのクジ引きの運、不運によると言われていた。大村先輩はどこかの地方訛りがなくならず、大きい声で思ったことをそのまんま言う人なので、わかりやすいヒトとして部員からけっこう人気があったが、それと運、不運は関係なかった。

案じたように第一試合でよりによって大会の常勝校とぶつかることになってしま

った。

落胆する部員たちを前に「おれ、柔道技はあまりうまくないけんどよお、クジには自信あったけん。でも安房校が強いのは去年とかおととしのことやで。今年はどうかはわからんやろ」

大村先輩はふだんから大きい腹をその日はことさら出っ張らしてそう言った。でもそんな言い訳を聞いてみんな改めてガッカリしたのだった。

試合は午後三時からで、それまで昼食をはさんで気合をいれることになった。

昼飯はトンカツ弁当だった。灯台弁当、という店で買ってくる。灯台ではなくもともとは東大、つまり東大弁当だったらしい。それを食べても大学受験はうまくいかない、ということが次第にはっきりしてきて弁当屋さんは責任をとって名称を変更したのだという。

責任をとって、というのがおかしかった。でもそれが本当のことなのか受験に失敗した人があとで作った話なのかはっきりしたことはわからない。その弁当屋さんが体育センターの前にあったので各種大会の季節などにはけっこうはやっているのはたしかだった。

試合は新人戦で五人出場する。

ぼくは中堅という名称の戦闘位置で一、二年生からの選抜五人チームの三人目だった。試合前にそれぞれ五人の代表選手がむかいあって礼をする。相手は安房水産高校だ。五人とも本当にその年の新人なのか、とおぞけをふるうほどデカイ奴らばかりだった。体は勿論、顔もでかい。警察学校の生徒がその日の試合のことを聞いて、最初に「礼」をしたときに「ガンづけするんだ」(威圧的に睨み付けること)としきりにアドバイスしてくれたけれど、いざその場に立ってしまうと、そんなことをしたらとりかえしがつかなくなる、と思った。あとでみんな話をしてわかったが、これはもう絶対に勝てない、とぼくたちはそのとき早くも全員で確信していたのだった。

結果は悲しいほど正直で全敗だった。五試合のうち先鋒と中堅と大将が一本勝ちで負けた。そのポジションにいる選手は安房水産のほうもとくにでかくて強い選手を配置しているようだった。

試合のあとはみんな黙って帰り支度をし、そのまま黙って駅まで行った。

夏が終わったんだなあ、と思った。

数日して大村先輩に呼び出され学校に行った。新人戦の敗北を一年生がみんなでつぐなう、という用件だった。

何をしてつぐなうのかというと、小使いさんからの知らせで道場のタタミ全面に黴がうんざり生えてしまっている、というのでみんなでそれをきれいに掃除すること、という命令だった。

夏休みの後半になると部員は誰も行かなかったからららしい。ぼくは長い夏休みにそろそろ飽きてきていたので、学校に行ってみんなと顔をあわせるのはけっこう嬉しい気分だった。

校庭では素走りしている陸上部の女子生徒とバレーボールの女子部員になぜか美術部の「ちあき」が一緒になってトラックを回っていた。ちあきは長いハチマキの残りを風に踊らせながらタッタ、タッタというように軽快に走っていた。戦場に向かう女鎧武者みたいなかんじだった。その頃になるとぼくはちあきさんという先輩は男子生徒のあこがれのマトらしい、ということを聞いて知っていた。そのちあきさんが強い光のなかで強烈に目立ちながら走っている。

ハンマー投げ先生の姿はなかったが、足洗い場に見慣れた姿をみつけた。この前と同じようなところに座ってぼんやりしている凱陸君の姿だった。以前いたときにかぶっていたつばの広い帽子はなかったが全体になんだかタダナラヌ光景に見えた。

「どうしたの?」凱陸君はぼくがやってくるのを見抜いていたらしく、用意していたような顔つきで少し笑った。

「またもや歯が痛いんかあ?」

「いいや。その反対」

ん? ぼくは少し考えた。

「じゃ、痛くない?」

凱陸君がぼくを見あげた。片方の頬が赤く腫れていて名前は忘れたけれど七福神の一人にどこか似ていた。

「体の神経があちこちでひしゃげて膨らんでいるかんじでやっぱり完全に鎮痛剤の飲み過ぎみたいなんだよお。水を飲むと少し感覚がもどるんだけれど。この前は水を含むと少しタプタプするのでそれはむしろしあわせな気持ちになりました」

グラウンドを走っている女生徒が近くのコーナーに回ってきたようだった。

ワッセ、ワッセとみんなで言っている。

「なんというクスリ?」

ぼくは聞いた。少しあいだをおいて「こないだ飲んでたのは風痛散っていうの。いまはケロリンですけどね」凱陸君はどうでもいいような口調でそう言った。
「ケロリン」! 一度聞いたら忘れられないクスリの名だった。
ワッセワッセの声が揃って遠くに行ってしまった。

八月の本当に最後の日に沢野君に言われて東中野の彼の新しい家に行った。あわただしい引っ越しをしてなかなか片づかないのでその手伝いを頼まれたのだった。

夏休みにはいる一カ月ほど前から沢野君は学校にこなくなってしまったので、どうしたんだろう、とは思っていたけれど、ぼくはその期間、柔道の練習のほうにすっかり気も体もとらわれていたので、あまり気にしていなかった。沢野君の動静はぼくよりも凱陸君のほうがいまはくわしかった。

沢野君も凱陸君も決して不良ではなかったけれど、二人とも同級生よりは確実にマセていたし、学校関係のことは興味のうちからだいぶ遠のいているコトガラのようだった。沢野君が東京にまた戻る、ということはそこで初めて聞いた。

彼の千葉の家にはときどき行った。あちこちに不思議なでっぱりのある部屋がたくさんあって、姉妹もたくさんいた。妹の一人はぼくがちょっと窓の外を眺めてぼんやりしていると、いきなり大胆なスリップ姿で庭に走りでてきてぼくの姿を見ると「わあ! なによあんた」などと大きい声で叫びまたドタドタ騒がしく家のなかに戻っていくのでえらく迷惑だった。

庭に立派な松の木がはえていた。沢野君はそのうちの一本にむかし一人で登ったという。彼の

すぐ上の兄は国立大学に行っている秀才で登山が趣味だった。その影響で沢野君は兄の登山道具（主にロッククライミング用）を勝手に持ち出して、その松の木に一人で登ったことがあったらしい。でもクライミングの知識も基礎訓練も何もしていない、ただもう手足の長いだけのクモ男である。たちまち墜落したらしい。まずいことに鼻から落ちたらしい。鼻の先端が破れ、ひどい怪我だったという。

彼はそのときの傷跡をみせ「だからオレこんな顔になっちゃったんだよ」とふてくされた顔をして言った。もとはどうだったのか知らないけれど本人が言うほどひどいことにはなっていないように思った。

性急な都内への引っ越しには何か特別な「家族」としての秘密や思惑みたいなものがあるような気がしたが、そういうことは素通りしていった。

残暑の厳しいおりに、中野区の川沿いに建てられている沢野君の新しい家に行った。川は「神田川」だった。まだ「かぐや姫」の歌が世に出る前だったのでぼくにはそれは都会のドブ川程度にしか見えなかった。

二階の部屋の窓をあけるとそのすぐ下に神田川が流れていた。窓の下の流れは普通の川だったが、その少し下にいくと暗渠になっていて黒い水はそこにゴボゴボ吸い込まれていた。

「流れが速いからね。こうして都会のゴミや苦しみはなんでも飲み込んで川下に持っていってくれるんだ」

沢野君はなんだかカッコいいことを言いながら荷ほどきしたばかりの包紙と紐でゴミをくるみ、窓からドボンと川の中に放り込んだ。なるほど神田川はできたてのゴミを無理なく軽々と暗渠の穴のほうに持っていった。すごく便利だが、すごくヤバイような気がした。

三十分ほどして中野の発明王、木村シンスケ君が顔をだした。彼も引っ越しの手伝いに呼ばれていたようだった。初めて会う木村君は想像していたとおり真っ白いワイシャツに黒ズボン姿で、安っぽい便所サンダルのようなものをはいていた。日焼けした真っ黒けなぼくと比べると人種が違うような真っ白なインテリ顔だった。

テキパキした動作にややトーンの高い声。やはり想像していたとおりＮＨＫの「青年の主張」のような正しくテキパキした喋りかただった。

「おお！　キミがシーナ君か。沢野君にいろいろ聞いてたよ。はじめまして。よろしく」

木村シンスケ君はひなたのように歯切れよく外国語でそういった。いや、外国語ではなかったな。日本語だったけれど、千葉では「はじめまして」とか「よろしく」なんていうのは外国語そのものだったからなあ。

## 魚肉ソーセージ

沢野君の新宅への引っ越し手伝いの話だった。すでに大きな家財道具は専門職の人が運んでくれており、たくさんあった本などは千葉の家に置いてきて丸ごと売ってしまったらしい。その本は彼の兄と姉のものだという。そしてあたらしい家財は両親のものが多いようだった。

その機会に沢野君の兄と姉にも会うことができた。二人とも頭がよさそうな顔つきとそういう話しかたをしていた。兄もそうだがお姉さんも国立大学に行っていた。

そのとき、沢野君の家では父親と母親を「オトキチ」「ハハキチ」と呼んでいる、ということを知った。オトウのキ○ガイ、ハハのキ○ガイというイミだ。

高尚な家庭の「おとうさま」とか「おかあさま」などというなんだか胸のあたりがくすぐったくなるような呼びかたよりもむしろあっけらかんとした親しみを感じた。

沢野君のお姉さんはぼくのことを弟からよく聞いている、と言った。

「シーナ君ってアルマジロに似ているわね」と、最初に言った。ぼくはアルマジロがどんな姿、顔、形をしているのかよく知らなかったので、曖昧に笑った。お姉さんにはちゃんとアルマジロが笑ったようにうつったのだろうか。

昼近くにニッチという沢野君と木村君共通の友達がやってきた。ニッチは西村という名前だった。沢野君がリーダーになって一階と二階のあれやこれやの片付け仕事にせいを出した。正午になる少し前に出前のカツドンが届いた。驚いたのは出前のお兄さんが二階までオカモチをさげてどんどんあがってきたことだった。

　カツドンは蓋つきでずしりと重かった。

　手を洗いに洗面所に行くと顔をあわせたオトキチさん（こう書くと時代劇みたいだが）が「ごくろうさまだねえ」と言った。ゆったりしてとても感じのいい人だった。

　カツドンを食いながら自然に将来の話になった。ニッチは父親のあとを継いで動物の医者をめざしているんだ、と明るい顔をして言った。東京の高校生はもう将来のそんなことまで決めているのか、とぼくはびっくりした。

　木村君の将来の目標は弁護士ですよとキッパリ言うのでますます驚き中野というのはものすごいところなんだなあと感心した。

　沢野君は少し考える顔をして「ま、こっちの場合はカントリーウエスタンですね。むずかしいかもしれないけれど」とやはり思いがけないことを言った。

「こっちの場合は」というのが面白かった。でもそれらは驚きの連続で、ぼくはまたしても息がハアハア荒くなっていくような気がした。

　ぼくがそうして焦っているのを察したのか木村君が話題を変えた。

「でも、いまの政府与党のありかたを変わらせないかぎり、我々のこんな夢はあっというまに粉砕されてしまう。それは歴史が語っていることなんだ。つまりノンポリでは危険なんだ。だから軟弱政府を倒せ！」

「よしッ！」

と、間髪をいれず声がかかった。ニッチと沢野君が同時に言ったのだった。（後にこれは全学連が政治集会のときなどに発声する気合のようなものだということがわかる）

それにしても「政府与党」とか「ノンポリ」などという言葉がポンポン出てくるのがオドロキだった。

ぼくは何がおきたのかよくわからず、ここはおそろしいところだ、と思いつつさらに息をハアハアさせた。そうして狼狽しながら午後の手伝い仕事に入った。

夕方まで手伝い仕事は続いた。

「さあ、片付いた。ありがとう」

沢野君が言った。ずいぶん大人に見えた。

そのあとは五差路の近くにある飲み屋に行った。もうそうなるコトとわかっていたらしくニッチも木村君も馴れたふうだった。

「クレバワカル」はカウンターだけの平べったい飲み屋だった。そのあたりは数年前に沢野君と木村君が計画的に道の小石を空に投げて「小石の降る町」という疑惑を作るのに成功させた一帯だった。

その日は当然のようにビールで乾杯。ぼくの住んでいる町ではとてもできない不良行為だったけれど、都会ではそんなコマカイことは気にしなくていいらしい、と確信した。

凱陸君は自主退学してしまったあともしばしば学校に来ていた。

たいてい授業や部活が終わった時間ぐらいだった。ときどきうまく出会えることがあったが彼はあまり嬉しそうではなかった。それが意外だったし、なんだかいまいましかった。

まもなく理由がわかった。

通称ネコ坂といわれている学校裏道でのことだ。その裏道は部活が終わったあとにときおり行くところだった。坂の途中にバス停があり、そのむかいに通称「コネコ屋」という「売店」があった。主にいろんなパンや菓子類を売っていたが当然のようにあまりはやっていなかった。ぼくたちは部活の帰りにそこでソーセージを買うのが大きな目的だった。魚肉ソーセージだ。柔道部の青木先輩の影響だった。もちろんそういうものを買える余裕のあるときだけだ。一本二十円だったか三十円だったか。そいつをかじりながら駅まで歩くときはなかなかの至福だった。

でも、その日は坂のむこうに「ありえない」ような光景を見てしまった。ほぼ同じような背丈だったけれど男女ということはわかった。街灯のあかりがそろそろ必要になる頃だった。目撃したぼくたちはやや狼狽したがそれ以上どうしていいかわからなかった。かなり離れていたけれど凱陸君と「ちあき」さんが寄り添うように歩いていく後ろ姿だった。柔道部のメンバーには凱陸君はあまりなじみがないようだったが「ちあき」さんは有名だった。

「わあ」っとぼくたちは低い声で言った。でもそれだけだった。二人は幸せそうだった。凱陸君

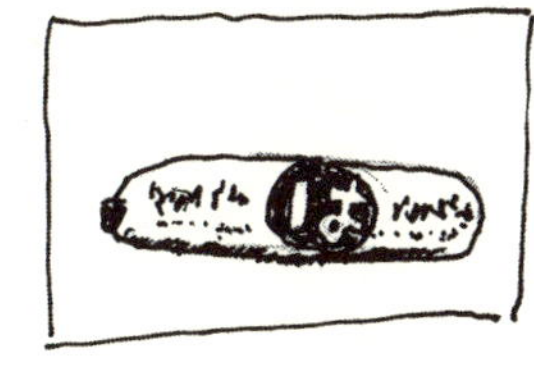

がなぜしばしば学校に来ているのか、その瞬間全てわかった。

ぼくたちの歩いている坂道の前方からクルマがやってくるとそのヘッドライトで二人の後ろ姿が舞台の上の役者のように砂埃の中にきわだって見えた。ヘッドライトに照らされても二人は寄り添ったままだった。「わあ」っとぼくたちは低い声でもう一度言った。

その頃、千葉で一番親しかった友人はイサオだった。イサオは「江戸清」という肉屋のせがれで小学生の頃から仲がよかった。当時肉屋さんというと肉を売るだけでなくトンカツやコロッケなど揚げ物もやっているのが普通だった。ぼくは小学生の頃からその広い店のなかで遊んでいた。手がすくとイサオのおかあさんが揚げたてのコロッケなどを「あいよ」と言ってくれた。それがおいしかった。

中学生ぐらいになると貰っているばかりではなく、コロッケの材料になるジャガイモ洗いなどをよく手伝った。

ジャガイモが沢山入った樽に水をいれ、角材をX型に縛った「洗い棒」を両手に持って左右にゴシゴシやる。けっこう力がいるが中学生ともなると大人にひけをとらない。たくさんのジャガイモはゴシゴシやられて互いにこすれあい、十五分ぐらいすると八割ぐらいの皮が剝がれていた。剝がれた皮だらけの水をあたらしい水に入れ換えてさらに十五分ぐらいゴシゴシやると文字どおりひとかわ剝けたジャガイモ君だらけになる。

このジャガイモ洗いをやるとイサオの両親はコロッケだけじゃなくてトンカツでもメンチカツでもその頃出はじめの三角形をしたソーセージフライでもなんでも望みのものをくれた。だがぼくはあくまでもコロッケを頼んだ。

いいぐあいに隣にパン屋さんがあってコッペパンが一本十円で買えた。そのパン屋さんともたいへん親しくなっていたので、店が空いているとき、揚げたてコロッケを持っていくとコッペパンの真ん中をスパッと切ってそこに揚げたてコロッケを二つ挟んでソースまでかけてくれた。その時代、ぼくの最高に贅沢な〝外食〟だった。

イサオはいいやつで、もうコロッケにはいいかげんあきているだろうに、ぼくのコロッケ・コッペサンドに付き合ってくれた。

ときどき店が忙しくてイサオが自分で夕食を支度しなければならないときがあって、それにはぼくが付き合った。

そういうときイサオはとびきりいい肉のトンカツを作ってもらって、家に持ち帰ってカツドンにした。何度もやっているらしくこのイサオのカツドンは簡単にして圧倒的に旨かった。ゴハンは朝がた炊いたものだった。いまのように電子レンジでどうこう、というわけにはいかなかったが、揚げたての分厚いトンカツを無造作に大きく切ったのをドンブリゴハンの上にのせてソースをかける。

「ソースダボダボにするぜえ」

「おーし」

などと言ってすぐに食べる。冷えゴハンもアツアツのトンカツには勝てない。むしろ冷えているゴハンだから旨かったような気がする。

後のち思うに、東京では卵でとじた煮カツドンが普通だが、地方ではむしろゴハンにいきなりトンカツをのせて食うカツドンが普通であることを知った。ぼくたちはその先どりをしていたのかもしれない。

中野の沢野君ちの引っ越し手伝いにからんで四人でビールを飲んだのはぼくにとっては大事件だった。それまで家で何かの宴会があったようなときに、客が帰ったあとに残ったビールを飲んだりしたことは何度もあったが、あまりうまいとも思えず、ましてや「酔う」という感覚にはならなかった。

でも同世代の四人で飲むビールはことのほかうまく禁断の味だった。初めての〝酔イ〟もよかった。まさしく「クレバワカル」だった。

その気分が忘れられず、ぼくはイサオにビンビールのカンパイを誘った。彼の家の冷蔵庫にはいつも瓶ビールが並んでいることを知っていたのだ。

イサオはぼくの頼みをいつも聞いてくれ、ぼくはまったく悪友だった。まもなくイサオとぼくはコロッケを前にビールを二本飲んでゴキゲンになっていた。イサオは簡単に酔ってしまい、顔がマッカになっていた。

# 赤いサラファン

その頃、千葉の幕張といったらなにかと問題があった。埋め立て工事（やがて幕張メッセになるところ）が十年以上続いていて、周辺に埋め立て景気とでもいうような活況を生み、町はいたるところでガサついていた。

各種工事のためにいろんな人々が入りこみ、酒のからんだ揉め事などが多発していた。駅は不良たちの溜まり場になっていた。町の不良どもが集まる場が駅のほかになかったからだ。

その頃不良たちはだいたい三グループになっていた。地域や時間ごとにグループを構成する層が違っていたからだ。なんだか昆虫に似ていた。

時間によってグループ相互の縄張り争いのようなものがおきる。当時、その町は何はともあれ海で仕事をしている海浜漁師らが最大の「顔キキ」で、何をするにしても彼らの了解を得ていないとゆるされず、それはそれなりの〝秩序〟というモノになっていた。

ぼくは部活がない場合、早く町に帰ってくると駅の様子を見て、なんとなく自分の親しい群れがいればそこに加わった。小さなグループだったから顔を知っているのが殆どだった。

猿とか犬だったら匂いで何かを感知していたのだろうけれど、人間というのは生物として犬や猫よりも劣っているからそういう機能はない。

その日、駅で出あった知らない顔の男は隣町のチンピラだった。それならそれで両方ともさりげなく左右にわかれればいいものをその頃のガキはそんなイキなコトはできなかった。

そいつは検見川のチョウだと名乗り、ぼくは名乗るほどのものでもないので「うるせい」とかなんとか言っていた記憶がある。

あとで知ったがチョウは隣町では有名な奴だった。なんで一人でテキだらけのわが町にやってきたのかはわからなかった。きまぐれな「なぐりこみ」みたいなものだったのだろうか。だとしたらずいぶん勇気のある奴だった。

サルスベリの木の上

駅の前は小さな公園になっていてサルスベリの木があった。小さな女の子がよくそこで遊んでいた。秋の長い午後だった。

駅から外に出るとぼくとチョウはいきなり殴りあった。なんの理由もないのだけれど、とにかく殴りあった。

駅前に出たところでむこうから顔みしりのキイバがやってくるのが見えたのがきっかけだった。ぼくはあさましく彼の見ているところでカッコよくこいつをのしてしまおう、と思ったのだ。すぐにカタがつく、と軽く考えてチョウの顔をめがけて殴ったのだが、チョウは十分そういうことを察していたらしく最初の一発はよけられ、逆にとんでもないところから出てきた拳で鼻の下、口のあたりを殴られた。キイバの顔を見てぼくの中の何かが安堵し、気合が入ったようだった。そしてそれがこっちのスキになった、というのが本当のところだったように思う。

思えばナサケなく、そして間抜けだった。数発殴りあってそのうちの何発かをこっちも決めていた。チョウの筋肉と反射神経のよさは打撃系の武道をやっているようだった。

気がつくとキイバがチョウを殴っていた。キイバは空手をやっていて殴りあいの呼吸をよくこころえていた。ぼくがそれ以上は余計なコトをする間もなくチョウは公園の敷石の上に大の字にへたばっていた。ぼくはやることがなくなった。キイバのいきなりの参戦はちょっと迷惑でもあった。

キイバとはその段階でわかれた。彼はつやつやしたヒョウタンをひとつ持っていた。祖父に頼まれて酒を買いにきたと言っていた。彼は日頃家の手伝いをよくしていた。ヒョウタンは祖父が飲む酒をいれるためだった。駅前にある「合間酒店」に行ってヒョウタンを差し出し「これに二級酒を四合ください」と言って買うのだ。

サルスベリの木の上の子はまだ登ったままだった。まっ、こっちの勝ちではあるが、さして嬉しいわけでもなく、苦い気分が残った。

## トックリ体型

また相変わらずの学校の日々が続いていた。教師は相変わらずの癖をそれぞれあからさまにしていて、生徒らもだいぶ馴れていた。

英語の石倉の苛々した日々は相変わらずで、生徒らはもうすっかり馴染んでいたから少しぐらいどぎつい表現をされてもビクともしなくなっていた。

秋から冬がはじまりそうな頃に棚橋という三年生が校舎のベランダから飛び降りた。全校が緊張した。三階からだったけれど赤土に草が生えたそこそこ固くなっているようなところだったので打ち所が悪いと大変なことになりそうだった。

棚橋は剣道部で、あまりにも脳天を叩かれすぎて首が体にめりこんでしまったんだ、などと陰口を叩かれるくらい首のない〝トックリ〟型をしていた。でもそれは一方で強そうにみえる、ということでもあった。道場がとなりあっているのでぼくは棚橋をよく見て知っていた。

理由はいろいろあったのだろうけれどそのニュースは学校中を駆け回っていた。自殺を試みた、という説はすぐに消えて学校中に広まったのは「好きな女生徒」をめぐる勝負が行われた、というド肝を抜くような話だった。各クラスにいる事情通が詳細をそれぞれのクラス中につたえていたようだった。

英語の石倉教師が教室に入ってきたときは、何時になく生徒のみんながその第一声を期待しているようで部屋の空気が露骨に熱くなっていた。石倉のセカセカした動きとちょっと歪めた頬の端のほうはいつもと同じだったがその目がいきいきとしているのがあからさまでどうも困った気分になった。

「みんな知ってるな」

嬉しさを隠そうともせずに石倉はそう言ってクラス中を見回した。世の教師のなかでこれほどあけっぴろげな人はいないだろう。それだけ正直な性格のヒトなのだと言えるわけだから、その教師に対して憤慨する気にはならなかった。

「成人前のあんちゃんがよ。もしかすると命にかかわるかもしれないことになるのにな、ああやって決着つけるなんてなかなかできるコトじゃないよなあ。感心したんだよ。もっともお前らこんなことをほかへ行って大きな声で言うんじゃないぞ！　でもお前ら。きっと言うんだろうけれどな」

　そのときクラスの殆どの生徒がひそかに笑ったようだった。そしてこの事件で石倉は人気のポイントをあげたようだった。

　三階から飛び降りたのは棚橋だけで、たたかう相手の男子生徒は直前にやめた、という話だった。棚橋は片足の骨を折ったらしいが、なおも立って歩こうとしていたらしい。首が体にもぐっている体型はとても強いらしい、とみんな後で話しあった。

　その出来事は、もうあまり学校にこない凱陸君にも思いがけないことだったようで、その翌週には何時ものように彼は学校の近くに来ていた。その日はぼくの部活が終わるのを待っていてくれた。かれはもう顔を腫らせてはいなかった。暑いのに黒のロングコートをたらんと、しかしかっこよく着ていた。なにか話があるような気配だったので部活の仲間よりは先に下校の準備をしてバス停にむかった。凱陸君が「ちあき」と一緒にいるようだったら世間話程度をして彼とは別に帰ろう、と思ったのだが彼は一人だった。

「通俗雑誌に載っているみたいな事件がおきたんだねえ。驚いた？」

「うん。でも学校のなかは案外静かなんだ。骨折というのがショックだったけどねえ」

「いや、この場合怪我はたいした問題じゃないよ。ひたすらその女生徒が気の毒だねえ。学校やめるかもしれないのにねえ。責任ないのに」

「高校生でも真剣な恋愛してる、って棚橋はかけつけて怒る教師らに言っていたらしいよ」

「怒るのがどうかしているよ。でも真剣な恋愛ってまわりのわけのわからない連中によってあんがいそんなふうにめちゃくちゃにされていくのかもしれないなあ」

話しながら駅にむかって自然に歩きだしていた。少し黙ったあと凱陸君は唐突に言った。

「ぼくのマンドリン聞くかい？」

その唐突さは沢野君に似ているな、やっぱり。そのときぼくも唐突にそう思った。

駅の近くに「亜里巣」という喫茶店があった。まったく知らなかったけれど凱陸君はそこで働いているようだった。

「学校から帰ってくる途中でこの店に入ってコーヒー飲んでタバコ吸ったりしているうちに経営者のマダムと知り合いになっていってね。そのヒト一人でやっている店だからちょっと手伝っているうちにちゃんとしたアルバイトになっちゃったんだ。労働ナントカ法違反らしいけどね。まあいいんだ。どうだって」

凱陸君のそれはなんともヘンテコな喋りかたでまるでヒトゴトのようだった。

でも、世の中をほうり投げているように見える凱陸君にとっては、結局そういうことだったのかもしれない。

マンドリンはいつだかその店の暇なときに練習しているとマダムに声をかけられて、お客の前で弾いていたらしい。そのうち少ないながらも近所の人を中心にファンができて、ときどき小さな一人演奏会をやっていたんだという。

その頃、全国あちこちの喫茶店などを中心にみんなで歌をうたいあう「歌声喫茶」というものが流行りはじめていた。

主流はロシア民謡だったけれど、まだマンドリンを弾ける人は少なく、凱陸君の趣味は貴重だったのだろう。

その日、ぼくはそのまま、彼の仕事場である喫茶店で凱陸君の歌と演奏の「赤いサラファン」を聞いていた。十人も入れない小さな店に客はたまたま居あわせた主婦のような二人と店のマダム、そしてぼくという少数。

凱陸君の歌とマンドリンは静かで力強く、やわらかな悲しみにみちていた。居あわせた人も静かだった。でもみんなそれぞれの慈しみと感動のなかにだまりこくっているように思えた。

ぼくは秋のあいまいな日ざしのなかで、ゴツゴツとジャガイモのように無意味に殴りあっていた数日前のことを思いだしていた。そういえばチョウも首のない力強い体型をしていた。

## カントリーウエスタン

### 見送りの歌

運動する高校生にとっては〝年末年始〟というのは殆ど関係ない。一日が短くなるのでやたら忙しくなるだけだから迷惑なくらいだ。

とくにアルバイトをやっていると、世の中の慌ただしさがそのままこっちにつたわってくる。ある程度の仕事のツテと実績と労働力があるやつほど年末年始のアルバイトに奔走する。

仕事はよく聞いてまわればいろいろあった。むかしとちがってデパートや運送業者のアルバイトロがあまりなかったが、町の顔ききのあんちゃんやおっさんに頼ればなんとかしてくれた。就職斡旋だ。いまよりもずっと人情味のある時代だった。

オサムという小太りで冬でもコマカイ汗をいっぱいかいている兄ちゃんと青もの市場の荷物の集配を忙しくやっていた。

その日も部活が終わるとオサムのところに行くつもりでいたら下駄箱のところで柔道部の大村さんから急にきまったんだけどなあ、と声をかけられた。待ちうけていた感じだった。

「柔道部の納会やるから残ってけ」という呼びかけ、というより命令だった。

ぼくはその日明日からのバイト先をきめておきたかったのだ。帰ろうとするところを呼びとめるのはズルイぞ、大村さん、と思った。ほかのメンバーもそうやってつかまったらしくみんなヒトコトありそうな顔をしていた。

あとでこの慌ただしさの理由がわかったが柔道部の担任教師が来年どうやら遠くに転勤になるらしく、その挨拶を先にやっておきたかったらしい。

そんなドタバタの集まりだったのにけっこう出席しているので驚いた。みんなまじめなんだ。

納会、送別会といっても高校生が学校でやる茶話会だから番茶におでん、という無愛想なものだったけれど、転勤する先生は何かあったらしく「一身上の都合により年内で教師をやめるのだ」という挨拶をした。転勤ではないのだ。だから慌ただしかったのだ。

ひととおりの儀式めいたものがすんで他の教師の挨拶、生徒の感謝の挨拶につづき「このあたりで誰かから餞別の歌をひとつ」ということになった。

驚いたことに照れやの青木先輩が立ち上がった。普段なにかに不機嫌なのかと思うくらいだまっている先輩だった。するどい技をもっており、決めるときには断然決めにいく。怒ると怖い、タカクラケンみたいだよなあ、とみんなでよく話していた。

オリタタミ式ロボットが立ち上がるようにしてガキンガキンと青木さんは教室の端のほうに移動するとズボンの両ポケットに手をいれて「先生、本当におつかれさまでした」と挨拶し、いきなり歌いだした。

日ぐれが青い灯　つけてゆく

宵の十字路
泪色した 霧がきょうも降る
忘られぬ 瞳よ
呼べど並木に消えて
あぁ 哀愁の街に霧が降る

ときどき電器屋の店先とかどこかのラジオから流れてくる『哀愁の街に霧が降る』——という歌だった。なんだか悲しみにあふれ不思議にその時期に似合った歌だった。

ぼくはそのときはじめてこの曲の歌詞を前のめりに聞いた。

愛や恋にひたすらいちずな男の歌だ、と思った。そういう霧が降るのはどういうところなのだろうか、などとも思った。

納会がおわる頃、その青木さんが、ぼくのそばにやってきてふいに笑った。それから学生服のカラーのところから指をさしいれて内側からフックをあける、というようないつものやりかたで学生服を脱ぎ「ちょっと道場にいくか」と、言った。

さして説明はなかったが、稽古をつけてくれるらしい。青木さんはぼくとほぼ同じ体型だった。そうだからか稽古はいつも厳しかった。

「親父さん（担任教師）から聞いたんだけれど、君は来春早々昇段試験だってな。いろいろジンクスめいたことがあってなあ、一月にあがって（受かって）おくのがいちばんいいんだ」

両者稽古着になってすぐに乱取りがはじまった。本気で稽古をつけるつもりらしい、とすぐにわかった。

ほんの二時間少し前ここで同じようにいろんな選手と稽古をしていたのだから、汗線がひらいていたのだろう。真冬というのにすぐに滝のような汗になる。それでも青木先輩の手はゆるまなかった。たっぷり一時間は続いた。汗が目に大量に流れこんだ。

青木先輩は休憩する前に足払いを一人で交互にやり、しだいにスピードを速めていった。青木さん式のシアゲ体操だった。

柔道の場合、整理体操はそのまま何かの古式ストレッチメニューのようになる。まだ荒い息のまま青木さんは言った。

「来春きっちり黒帯とるために一人になったら、一日、プッシュアップ三百回。スクワット五百回、背筋二百回。これを一セットにして三回めざしな」

呆然として聞いていたが、これらはまったく本気の話なんだと青木さんの普段のコーチぶりからわかった。

「あとは全身に筋肉をつけていくこと。筋肉だぞ。沢山めしと肉を食えよ」

そう言って青木さんはじつにゆったりした顔で笑った。思いがけない青木メニューはその年末の特訓からずっと続いていったのだった。青木さん自身はその後拓大にすすみ、二年のときに中量級で全国優勝した。現代でいえば七十一キロ級だろうか。

**スリーハンク**

同じ頃、沢野君はスティールギターにのめりこんでいた。戦後世代にはまだ目新しいハワイアンバンドの主役級然とした楽器だ。奏者が優雅に体をゆすりながらひいていた。非常に透明感と奥行きのある音色で周囲を魅了し、からだをうずかせた。

しかし沢野君のそれはフワフワした羽衣の舞うようなハワイアンではなく、カキカキとしたキレのいいカントリーウエスタンだった。ウエスタンであってもこのスティールギターが主役なのである。

でも彼は最初はギターだった。その頃から世間で流行りはじめたエレキギターである。ギターとウエスタンバンドが奴の人生だった。

「シーナ君。時代はカントリーなんだよ」

そう言って土曜日のFENにかじりついていた。いつもその話をしていて、アメリカからの放送に興味がある奴は彼しかいなかったが影響力が強いので、その頃ぼくもカントリーウエスタンの何曲かは知っていた。

「いまはスリーハンクの時代だな」などと沢野君が言い、まもなくその内容がわかった。

ハンク・ウィリアムス、

ハンク・スノウ、

ハンク・トンプスン。

しかし、ハッと気がつき、

背負い投げ、

巴投げ、

支え釣りこみ足、

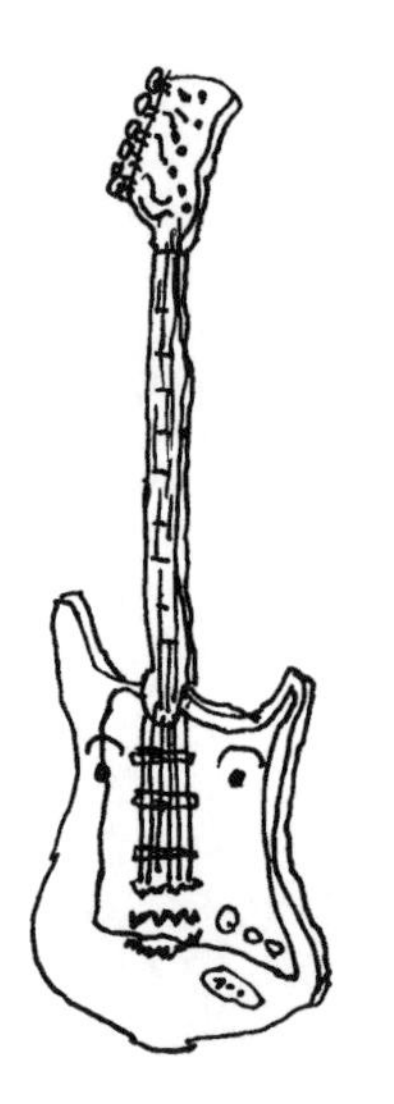

と、言いなおした。

沢野君も凱陸君とは当然いろんな話をしており、ふたりで合奏したこともあったらしい。マンドリンとエレキギターである。

「でもなぜかうまくあわないんだ。いろいろやってみると、ぼくのと、いや、世間のと、彼の譜面はちがっていたんだ。あのマンドリンは凱陸君だけの階調、音階なんだ」

うまくあえば一緒のバンドをつくろう、という夢はあっという間に消えたらしい。

沢野君はそれからしばらくして銀座の「ACB」とか「テネシー」に通いはじめた。あるとき「ウエスタン・キャラバン」というバンドチームから「バンドボーイ」（バンド付きのなんでもやる手伝い。バンドマンの修行のはじまり）の仕事がとびこんできたという。かれはついに夢をかなえたのだ。けれどまだ高校生だ。長くは続かなかったらしい。

そういえばいぜん沢野君がその高校にいたじぶん「東京のカントリーウエスタンの店に仕事に行くんだ」と言って、学生服を脱ぎ、派手なカウボーイシャツみたいなのに着替えて赤いネッカチーフを巻き、颯爽とカントリーロードに出ていったことがある。あぜ道だったけど。

**闘争訓練**

同じ頃、東京の中野では「愛国純粋青年同盟」と書かれた擦り切れた旗をかかげ、泥だらけで匍匐前進の訓練をしている青年たちがいた。

「これからの世界を救うのは右翼思想しかない！」

と力強く叫んで行進していたのはその小さな右翼団体に加わったばかりの若き日の木村晋介青

年だった。

木村君の家の近所に住んでいる二歳上のF青年がその同盟組織の委員長だった。木村君が書記長。ほかに会員が三人いたが結成式の日は、会員の一人はジンマシンで欠席。だから四人の行進だった。


ちょうど六〇年安保闘争がおさまった頃であった。

「最近の左翼陣営の横暴は見るにあまりある！　いまこそ日本の秩序を取り戻そう」

などと気勢をあげ、来たるべき闘争の時代にむけた戦闘訓練をしていた、という。

後日木村君からこの話を聞いたとき、ちょうどその時代、われわれが愛読していた「いしいひさいち」の愛すべき総ばかばかマンガ「バイトくん」で「安下宿共斗会議」のずっこけ大学生の四、五人のデモを思いだしてしまった。木村君にはたいへん失礼。

その頃、木村君の右翼団体の活動の一環に左翼を載するガリバン刷りの小さなポスターをあちこちの電柱に貼る、という重要な仕事があったという。F委員長が自転車をこぐ。木村書記長が糊のはいったバケツをぶらさげて後部座席に座っている。
あちこちにポスターを貼っているところを警官に見つかったが、破廉恥行為ではないのですぐに解放された。

この右翼活動で木村君が何より魅力に思ったのはアメ横で仕入れてきた軍服まがいの制服を着て、長靴をはいて五人で町を歩きまわったことだ、と述懐している。どっちにしても哀愁の町でのタタカイはこれからなのだった！

# ねっとりとした暗闇

## 一月はきらいだ

……話はそこから一年半ほど先にトブ。

ぼくは関東特有の、地面をころげていくような一月のカラッ風のなかでじわじわ覚醒しているようだった。

知らない闇の部屋になぜひとりで横たわっているのかいろいろおぼろに考えていた。むなしい感触があったが、それを認識したとしてもどうしようもなかった。記憶は少しずつ少しずつ断片的に蘇ってきてはすぐにヘナヘナと遠のき、ガラス窓を叩く風がそれをまた押しかえしていた。

窓のむこうは漆黒の闇だ。でもそれがもうじき早朝になる闇なのかまだ濃厚な深夜なのか、そのへんがよくわからない。

部屋のまわりはあまりにも暗すぎてまるで見覚えはなかった。刺激的な風の音の周囲に、どこか遠く、人の歩いているような音が聞こえる。

だからその部屋はなにか大きな建物につながっているように思えた。でもすぐに力尽き、なんだかわからなくなって、またもや記憶の回復に失敗したことがわかる。

小便に行かなくていいのだろうか。

遠い意識に引きこまれる前にいくらかそう思った。それからさして時間がたってはいないように思えるが、またぼんやりと不安定な意識がぼやけた風景になって戻ってきた。

部屋の気配はさっきとかわらず時間もわからない。いまが真夜中なのか夜明けにむかっているのか。

それだけでもちゃんとしたことを知りたかった。あいかわらず「小さくて強い風」が吹いている。

体は動かなかった。

頭も手足も動かない。ベッドに拘束されているようだった。風が吹きつけるたびにガラス窓だけがガタガタ動き、ぼくはその音のなかで仕方なくマバタキの練習をしていた。

部屋のなかの暗い電球のあかりがせせら笑うように揺れているのは外の風で部屋が微かに揺れているからのような気がした。

マバタキの練習は数分で疲れてしまい、ぼくはまた、自分がこの部屋に至る経過について考えることにした。

ぼくは友人のキイバと深夜、両国をピックアップトラックで出発し、一時間後ぐらいにこの街のあまり人もクルマも見えないところを走っていたのだった。バシバシと風の小さなカタマリが部屋の窓ガラスを叩き、あれが破れたら自分は死ぬのかもしれないな、と思った。

それにしても何故この部屋にはぼくのほかに誰もヒトの姿がないのだろう、ということをまた考えた。少し前は違うのに。そのことが頭のなかに蘇り、ぼくはそれでまた気を失っていったようだった。

そういうことが繰り返されていた。

ぼくにズルズルした思考を呼び覚まそうとしているのはやはり窓ガラスに打ちつける小さな風の連打のような気がした。

頭の奥が痺れているような気がした。それで深くものごとを考えることができないのだろう、とおもった。それでもなぜなのだろうか、ということはわからなかった。

濡れている道をキイバと一緒にピックアップトラックでかなりのスピードで突っ走っていた。トラックはいきなりスリップし、歩道と車道のあいだに並んでいるコンクリートの電柱をスキーのスラロームのように絶望的な速さで蛇行し、すりぬけ、また蛇行していた。キイバは握っているステアリングをきちんと制御できていないようだった。これは危ない、と思った。

そのあとにトラックはコンクリートの電柱に対してナナメ四十五度ぐらいの角度でつきあげるように激突していた。

そこまでがじわじわ蘇ってきた。

後ろから走ってきたタクシーの運転手がぼくとキイバの体を引きずりだし、自分のタクシーの後部座席に乗せた。あちこち正確には覚えていないが、でもやはりそういうことだったらしい。

ぼくは割れてナイフのようになって窓枠に残っているフロントガラスの刃で切ったらしい自分の頭と顔を指で探っていた。痛みはまるでなかったが熱いものがどくどく吹き出してきているのがヘンだった。あとでわかったがそれはどうやら血液だった。傷は二〜三センチの深さがあったようだった。そのくらいまで指が入っていくのだ。重傷！という意識がふくらんだ。そのあとまた気を失った。

運びこまれた救急医療をしている病院の看護師がぼくの顔とそのまわりを見て自分の口をおさえ、悲鳴を殺しているところが見え、それがなにを意味しているのか遠くの出来事のように理解した。医師が不機嫌そうにやってきて覗きこんだ。

「先生、これはもとに戻りますか？」

ぼくは聞いた。

「君はそういうことよりもいまは、生きる！ということを考えなさい」

医師は不機嫌な声のままそう言った。そこからぼくの記憶はまた遠のいていった。

脳内出血。顔と頭に刺傷四箇所、全身打撲。絶対安静。

これがぼくの状態だった。

キイバはステアリングに腹部を強打したことによる臓器出血。全身打撲。絶対安静。

ぼくは柔道、キイバは空手で黒帯になったばかりだった。双方十九歳。ふたりともいわば人生でいちばん強靭な体をしていた時だったのだろう。だから死ななかった。

病院では二人同じ病室だったが、死の淵すれすれを彷徨っているときだったので会話はまったくできなかった。お互いにまだ生きているんだな、ということを認識できる程度だった。

両国で雨が降っていた頃、千葉は温度が急激にさがり雪になっていて、それがアイスバーン状態になっていたときに我々がぶっとばしてきての事故だったらしい。

小便は膀胱まで通した細いビニール管で自動的に排出される、ということを翌日巡回にきた看護師におしえてもらった。もうひとつ、ぼくは点滴によって安静と睡眠を強制されずっと眠り続けていたようだった。

事故があった翌々日に意識が戻った。

ずっと眠っていたのだ。隣のベッドにいたキイバの姿が見えないのは何故か？と聞いたら、入院二日目にキイバの親族がやってきて、自分達で持参したタンカで強引に連れだしていった、ということがわかった。キイバの一族はいろいろ激しい行動をする。かれらの知り合いの医者のいる病院に転院した、ということがわかった。

ピックアップトラックは高橋コロッケ君の義理の兄が買ったばかりの新車だった。キイバがクルマの免許をとったばかりで運転をしたくてたまらなくなっていて、二人して強引に借りてきた上での全破損事故だった。

ぼくは十七針を縫い、二カ月間の入院と言われていた。頭のなかの流血をとめるためにずっと氷枕で冷やし続けることが唯一の治療方法だった。脳内の出血が止められないとそのまま死にます、と言われていた。

頭も体も動かしてはいけないので固定し、氷を替え大小の排泄物を捨てる。そういう治療を続けなければならない。

沢野、木村、イサオらが看護チームをつくりローテーションを組んでそれを担当してくれた。チームには二人の女性がいてびっくりした。高校の下級生だった。自発的に看護を申

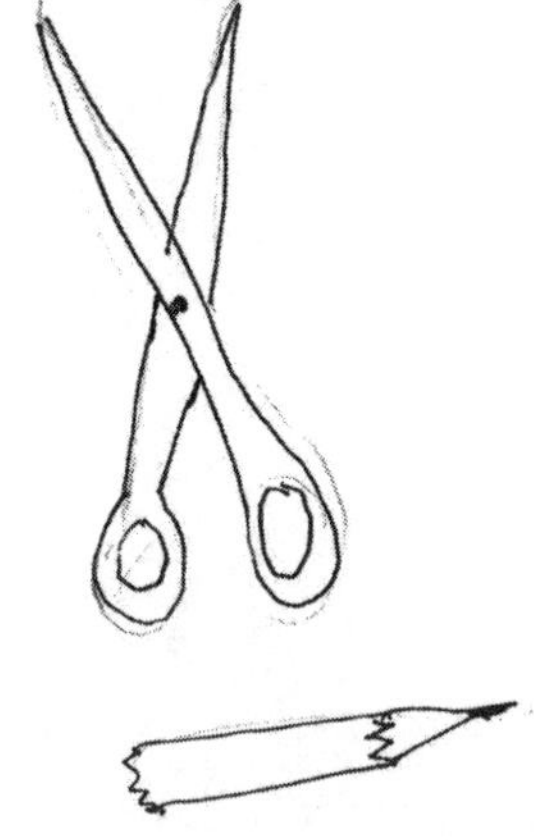

し入れてくれたのだという。

一人はタヌキというあだ名だった。バレーボール部だった。そんなに親しくしているわけでもなかったのだが、看護の意志は強く男友達も驚いていた。

二十四時間看護である。女子は昼間のローテーションになった。有り難いけれど大小の糞便の始末の仕事もある。

事故のショックで十日間ほど大便のきざしはなかったけれど、その気配を察したらどうしよう、と思ったがなんともならなかった。なんとかなるのだろうか。

なんとかなるさ、と、交代看護チームのリーダーだった木村晋介君は言った。沢野君やコロッケ君は泊まりがけの看護をしてくれた。

沢野君は模造紙一枚に大きくイラストを書いたのを持ってきてベッド横の壁に貼った。歩いているぼくの絵が書いてあって、肩から「しびん」をぶら下げている。

カテーテルは長くつけていると感染症をおこす心配があるから、と三日で外され、ベッドのなかで「しびん」という小便器に小便をするようになっていた。これはいまでも医療現場で普通に使われている。

　沢野君の書いた絵のぼくはしびんを肩にさげ「元気よく闘病の旅にでるんだ」とあって巡回にきた医師や看護師さんを笑わせていた。しびんに入った小便を捨てにいくとき、見舞いの女性などがやってきた場合、木村君は引き戸の左右をうまくすりぬける素早い技をよく使った。「忍法しびんがえし」などと笑って言っていた。なんでも楽しくしてくれる素晴らしいヒトだった。

## たぬき自身

入院期間は少し短縮し、一カ月半になった。一カ月ぐらいで自分の意志で立ち上がり、トイレぐらいは歩けるようになり、食事も椅子に座って食べられるようになった。

田舎病院なので田舎の献立だけれど、長いこと人間の喰うものを喰っていなかったのでそれもうまい。

友人らによる完全看護の必要もなくなり、ぼくはちょっと寂しくなった。代わりに老人が隣のベッドに入院した。感じのいい人だった。何の病気かわからなかったけれどぼくと同じように寝たままだった。気さくにいろいろ話しかけてくる。

この老人のところには毎日新聞が届くようになっており、老人はあおむけになったままそれを看護師の朝の定期検診の時間をはさんで午前中いっぱいかけて読んでいた。それが寝ているのが大命題の老人の唯一の楽しみのようだった。

読みおわると「あんたも読むかい?」と聞いてきた。大人あつかいされているようで嬉しかったがぼくには新聞を読む習慣はなかったので丁寧にことわった。

木村君や沢野君は夕方以降夜に訪ねてくるようになった。

木村君は立ち上がったぼくを見て大笑いしていた。
背がウスラ伸びた、というのである。ウスラというのにお笑いの気配があった。間抜けなフランケンシュタインみたいだというのだ。あとでわかったがずっと寝ていると脊椎の関節がそれぞれ伸びて結果的に身長も急速に伸びるのだというう。まだ十代の成長期だからそういうこともあるらしい。
フランケンシュタインは歩き方もクタクタフワフワしているからいかにもそれっぽいと言って木村君はまた笑った。ぼくは期待に応えてクタクタフワフワ歩いた。病室が大笑いしているから看護師が覗きにきて、訳を知り、自分も笑っていた。

退院のときは沢野君とイサオ君がきた。イサオ君の義理のお兄さんの新車をぼくとキイバはメチャクチャの廃車にしてしまった。お詫びのコトバも見つからなかった。でもイサオ君はそれについては何も言わなかった。
「生きていてよかったよな」

とだけ言った。

事故のことを書いている新聞記事を初めて見た。「深夜に千葉街道で学生二名重傷。」というような見出しでけっこう大きな記事だった。ずっと毎日それが役目のようにしてかよってきていた「たぬき」も退院のときは笑いっぱなしだった。笑いながらぼくにプレゼント、といって紙に包んだ小さなものを渡してくれた。

電車の片道キップが五十枚ほど。彼女はまだ高校三年生で、授業が終わると毎日病院に来てくれていたのだ。帰りは途中から通学の定期券があるのでそれにつなげるのだという。「たぬき」は愛らしい娘で休日以外は学校のセーラー服でやってきていつも部屋の隅の木の椅子に座ってニコニコしていた。どうして毎日きてくれるのか、何も聞かなかったし「たぬき」も何も言わなかった。病院でも「たぬき」のことは評判だったらしい。

沢野君が「キミは本当にえらいよねえ」と言ってよく楽しげな話し相手になっていた。

退院してぼくが自宅にいるようになると沢野君がしょっちゅうやってくるようになった。ぼくの家にくると彼はすぐに掃除をしていた。

掃除が趣味なのだと言っていた。それを聞いてぼくのオフクロがずいぶん感心していた。

「「たぬき」はどうした?」

そんなとき沢野君がよく聞いた。

「役目が終わったと言ってたからもうこないよ。明るくていいやつだったよな」

それでは二人して手紙でも書いてみようか、という話になった。タダの手紙では面白くない。雑誌みたいにしたらどうだろうか、ということになった。どうせこっちは激しい動きにならないかぎりずっと暇なのだ。

その頃創刊し、よく読まれていた女性週刊誌に『女性自身』というのがあった。

「アレでいこう」ということになり、二人で手分けして書きはじめた。ニセ雑誌やニセ新聞づくりはこれまでも二人でよくやっていた。

題名は当然『たぬき自身』。

『たぬき自身』は個人あての一冊きりの週刊誌だった。表紙は沢野君が全部描いた。

かわいい子タヌキが川のそばに立っている。その上にフクロ文字で「たぬき自身」という文字が大きく踊っている。黒く太い字だ。真ん中のフクロの中は黄色だ。しかし「たぬき」ではなく「たねき」となっている。 

どう見ても『たねき自身』だった。これはこれでなかなか面白く最初はわざとやっているのかな、と思った。でも沢野君はしきりに「たぬき」「たぬき」と言っている。もしかすると、あいつ「ぬ」と「ね」を読み違えているのではないか。幼児教育でうっかり思い違えるとそういうことがよくあると聞いていた。

そこで実験することにした。

「おいサワノ。『きつねうどん』と書いてごらん」

「なんでだあ、うるせいなあ」

などと言いながらもかれは見事に『きつぬうどん』と書いてくれたのだった。

「わあ、発見したあ。キミは平仮名をちゃんと全部正確に書けない大学生なんだあ」

かくてB五判八ページのホッチキス袋綴じながら史上一冊の『たぬき自身』は春風のなかを「たぬき・さきこ」のもとへとヒラヒラとんでいったのだった。

一緒に事故をおこしたキイバとはなかなか連絡がとれなかった。彼はぼくより十日早く退院できたのだが、キイバの近所に住んでいる小島君に聞いたところこの町よりもはるかに遠い病院に入院した、という話だった。小島君がいままでどおり店の前をとおりすぎるのにも緊迫した空気が流れて、とてもその先の話は聞けねえ、と言っていた。

補償問題などもいろいろと立場が違うので、その交渉にあたっているぼくのところの長兄などからも話は聞きづらかった。

友人同士でも法律的に完全な敵対関係になるのだ、ということを痛いほど知ったのだった。

自宅での静養、というのは思いがけないほど退屈で辛いものだった。学生なのに通学して何かを学ぶ、というモチベーションはなく、おちこぼれ感が強かった。季節が進んでいくのにつれて風景が辛くなった。

五月だった。一年のうちでいちばんここちのいいときなのに、ぼくは鬱屈した日々をすごしていた。

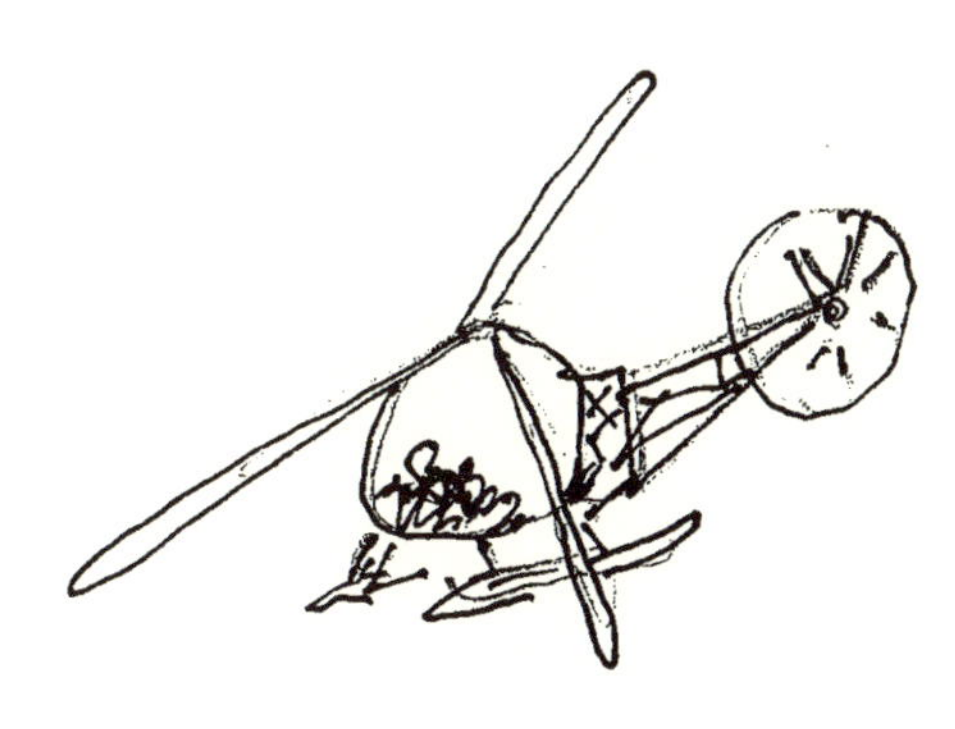

本を読む、ということに没入していくこともやってみたがすぐに退屈した。まったくの青空というのを見ていて悲しかった。

長兄夫婦の子供が三〜四歳ほどになっておりなにかと手がかかるようになっていた。ぼくはその子を抱いてよく家の近くを散歩していた。

ぼくの母親は踊りを教えていた。お弟子さんは二十人ぐらいいた。稽古は午後二時ぐらいから始まり家の中にいると三味線や太鼓の音が煩かったので、ぼくの子連れ散歩は定期的なものになった。あるときお弟子さんのなかで一番若い人から手紙を貰った。女の人から手紙を貰ったのはそれがわが人生初めてのことだった。

——事故のことはよく知っています。というようなことから短い文章が書かれていた。

——いつもお兄さんのお子さんの面倒を見ていらっしゃるのをほほえましく見ています。でも顔つきがあまりすぐれないように見えて心配です。青年のゆーうつ、というものでしょうか。

……というようなことが書かれていた。その人はいつもおしろいで顔をまっ白に塗っていて、お面のようでぼくはそれがとても怖かった。

# デカメロン

季節はめぐり、海浜の町特有の汐っぽい風が吹いてきて、毎日、大型の海鳥がビャービャー鳴きながら内陸のほうまで飛来してきた。シラサギ、ハマチドリ、オオミズナギドリらが一年経てまた帰ってきてくれたというのにぼくのむなしく退屈な日々にさしたる変化はなかった。

入院していたときは、退院さえできればいろいろやりたいことがあってそれを思い浮かべ、希望の目標にしていたのだが、医者から「まだ君の頭のなかはいろいろ不安定な状態だから……」という理由で自宅静養の意味を繰り返しておしえられた。

事故をおこす前日まで激しい柔道の練習にあけくれていたのだから、いまのように急に体を動かさなくなってしまうと、全身のバランスがどうにもおかしくなっちまった、という実感があり、それがなんだかわけのわからない焦燥感にもなっていた。

走るトレーニングは勧めないけれどせめて散歩ぐらいは行ったほうがいいですよ、とも言われていたのでそのとおり毎日あちこち歩きまわっていた。

異母兄弟の長兄の長女（ぼくの姪）を連れて歩くと、なにかと家事で忙しい義姉の手助けをすることにもなり、喜ばれた。

小さな三歳の女の子はぼくにもちょうどいい散歩仲間になってくれていたが、なにしろ三歳だから三十分ぐらい歩くと心身ともに疲れてしまい「ダッコ」ということになる。

午後は自宅でぼくの母親の「舞踊教室」がはじまり、家のなかは三味線や小太鼓、レコードなどでまつりのように賑やかになる。姪はお昼寝をすますと母親と買い物にでかけるお楽しみがあり、毎日決まったそういう日々の、ときに雨などが降るとぼくは踊りの稽古の音楽から一番遠い長兄夫婦の部屋で悶々としていた。ちょうど受験期にぶつかっていた交通事故と入院はぼくの闘争心を結構根幹のところでゆさぶってきていた。長兄から支援された大学入試のための「資金」を一晩手元に置かせてもらったが翌日返しに行った。それは交通事故の損害弁済につかわなければいけない性質のものだった。

雨が続き、これは梅雨のはしり、とラジオは言っていた。

退屈が続き、何の目的もなく長兄の本棚をぼんやり眺めているときにいきなりそれを目にした。

横積みになった雑多な本や雑誌のなかに、ひときわ妖しくも猥雑かつ誘惑的にそれはぼくから見ると困ったように輝いていた。

それだけがあきらかに蠱惑的だった。角度によるのか反射によるのか家の奥のほうから聞こえてきている三味線や小太鼓の音がいきなり飛び抜けてきていて、ぼくの動悸が激しくなっていた。

何かに取り憑かれたようにぼくの神経の一部分だけがコマカクゆらいでいた。部屋の三方向の

窓が閉まっていることを確認し、フルエルような気持ちでその横積みになった雑誌の一冊をそろりと引き抜いた。

『デカメロン』という、なんともあっけなく軽いけれど、どこか強引に毒々しい文字がそれぞれ隣りあった文字をケトばすようにして踊っていた。

通常の雑誌の題名とは感覚がまったく違っている。それかあらぬかぼくの読書の視覚の速力とページをめくる手の動きが同調しない。つまりバラバラになっている。いきなりあらわれたグラビアページに信じられないような裸の女の写真が次々に並んでいた。しかもそれにしてもまったくの全裸の女たちだった。

家の奥のほうから聞こえてくる三味線と小太鼓の音がツンツンテケテケとはじけるようにして近づいたり遠のいたりしている。

生まれて初めて見る大人の女の裸の詳細な写真だった。その裸の女の写真のそばにいろんな文章が書かれていたけれどそのときのぼくの目には入らなかった。とにかくひととおりその雑誌の全部を急いで見てしまいたかった。

何が書いてあるのか小説らしいものもいくつかあって、そこに描かれている挿絵がさっきのグラビア写真よりもえらくえげつなく、挑戦的に猥褻だった。その一枚を見たときにカラダが揺れた。

二人の男と一人の女が描かれていた。

夫婦のような中年の男女がいて、女は下半身をさらけ出して四つん這いになっている。その女の背後から寝巻のようなものを肩からずり落としそうにしながら骨太の男が女の尻を鷲づかみにし、覆いかぶさっていた。女の白い大きな尻がえらく誇張されて描かれているようだった。男の手と指がその尻に食い込んでいる。女の顔の前に高校生か、あるいはいまの自分と同じぐらいの青年があおむけに横たわり、自分の体の中心を怒張させている。それを女が「いとおしそうに」はんぶんほど口に含んでいる。女の髪の毛が大きく炎のように踊っている。おとがいがおち、女はしどけなく笑っている。なんと笑っている。

それを見たときに、ぼくの心とか体がいきなりはじけるのを感じた。

「わあ。こんなことをしていいのか！」

いつのまにかぼくの体のまんなかが絵のなかの青年のように怒張していた。

雑誌を持っていないほうの手で自分のものを握ると、とんでもない変化をしていた。なんだか体のあちこちが揺れていた。全身が自然に激しく動き、パンツを脱ぐ間もなくあっけなく果てていた。

あたまのなかがクラクラ動き、それに同調するように体のあちこちも揺れていた。

息が荒くなっており、それにかまわず、体全体が執念深い爬虫類かなにかのようにぶるぶる動いていた。

気がつくと勝手口の引き戸が開く音がして義姉の声がした。それから少しおくれて姪っ子のとびぬけたようなカン高い声が聞こえる。

ぼくは焦り、這うようにしながら隣の部屋の襖のむこうに隠れた。あぶないところでお使い帰りらしい母子の視野から逃れることができたようだった。

家の中が一気にいろいろ騒々しくなってきていたが、それはぼくの一方的な感覚の問題らしかった。ぼくの頭のなかではまだ何人もの、いま見ていた女たちのいろんな姿、恰好が踊っていたし、家の奥のほうからは三味線や小太鼓の音が一定のリズムをもって煽るようにせかせか跳ねていた。

ぼくの家はけっこう大きかったので親戚のいろんな人が住んでいた。まだ戦後の暗いいろあいがあちこち残っていたので、叔父や叔母やらが同居していて、いつも賑やかだった。その叔父が大工仕事や庭づくりが好きで退屈のあまりだろう、裏庭にぼくのための小部屋や庭に瓢箪池を作った。ぼくはその手伝いをよくしていたので、セメントと石を使った池づくりの一通りをおしえてもらっていた。叔父さんが居候を卒業して自分の家に帰ったあと、自然にぼくがその池の清掃やら飼っている生き物の世話などをやることになっていった。

何もやることがない若い退屈男にとっては、その係がけっこう重要視され、わずかながらの存在感を見せているらしいのがありがたかった。

そんなある日の午後、どうも池の水漏れがあるらしいから、と母親に言われ、そのことを調べていた。

叔父さんにそういう段取りについても実践的におしえてもらっていた。

軽い水漏れの問題箇所を調べるにはコメヌカを撒くといい、というのもそのひとつだった。池の表面に薄く均等にヌカを撒いておくと、一定の時間がたてば水の漏れている箇所に水面のヌカが集まり、その箇所を知らせてくれるんだよ、という叔父さんの説明はわかりやすかった。

池づくりを最初から手伝ったので、その漏水箇所の発見作業はぼくにもすぐにわかった。散歩が終わったその日、池にヌカを撒いていると、背後から声がかかった。いきなりなのでやや驚いたが、その人の声ですぐに誰かわかった。母の舞踊教室に通ってきている志乃さんだった。

髪が長く化粧の濃い人なので普段は髪の油や白粉の匂いですぐに存在がわかるが、その日はぼくがずっと池の中にいたので気がつかなかったのだ。

その頃になるといくらか様子がわかってきていたが、志乃さんは踊りそのもののお弟子さんではなく、お弟子さんは志乃さんの嫁ぎ先の旦那さんのおかあさんで、だいぶ高齢だった。その高齢のおかあさんが健康のために踊りを習っていて、志乃さんはその付き添いでいつもやってきているのだった。

志乃さん母娘のいるところは「亀井神社」といって、志乃さんは数年前に宮司の家に嫁いできたのだった。そこはぼくもよく知っている神社で、なにかと町では有名なところだった。規模は小さいが季節になると名のある家の結婚式が、とくに野外で行われ、桜の季節などは舞ってくる桜吹雪の下などでの風景が素晴らしい。それが有名になり婚姻する同士だけではなく、一般の見物人も出たりするほどだった。

ぼくは池の鯉の子がかえりそうだ、ということに気がつき、その日、いささか興奮して穴漏れ箇所の発見と、その補修仕事に熱中していた。

「聞いていいかしら。何をしているのかしら。さっきから離れて見ていたんだけれど、どうしてもその網さばきの意味が知りたくてね……」

志乃さんは聞いた。さっぱりした軽い和服に桃色のタスキをかけ、志乃さんのほうもいましがた何か力の要る手伝いをしていたようだった。そういえば今日は家の奥からレコードらしき音楽もお囃子の音もしていない。

「偶然かしら。今日は舞台掃除なの。だからうちの母は留守番！」

いつもの重要な役目を離れているからなのか、志乃さんはその日思いがけず奔放に明るかった。

頬から首筋に流れる汗がうっすら光っていて、それを見ているとつい先日、長兄の部屋で見てしまったカストリ雑誌の挿絵の女を思いだしてしまった。

## 丑の刻参り

わが家の庭にはいろんな木が植えてあった。季節が進んでいくとそれらの木々が競争でもするように若葉をひろげ、つぼみを膨らませた。それらの下を犬と猫が「春ですよ」「春ですよ」といいながらいつもより機嫌よく歩き回っていた。

ぼくは相変わらず午前中は姪と家の近くを散歩し、午後には小学校のときに仲間とよく遊び回っていた海、川、丘陵地帯あたりにまで足をのばした。懐かしい場所ばかりだったけれど仲間がいないタンケンはまるっきり気がぬけたものだった。

亀井神社の志乃さんと出会ったのはそんな散歩に出ていたときだった。砂でできた道の片一方に背丈のみじかいネコヤナギがならんでいて、風の強い日は本当にネコがじゃれつくぐらいのところまでのびた独特の穂をおどらせていた。

「あらま」

志乃さんは持っていた風呂敷包みを胸のなかに抱きしめ、少しとびのけるようにして驚いていた。でもその顔は普段よりもずっと明るく、むしろよろこんでいるようにも見えた。

「お散歩かしら」

濃い化粧品の匂いが風のなかに流れている。相変わらず真っ白な顔だけれど、その日は表情全体が飛び跳ねているかんじで魅力的に見えた。正面からみると細面で年齢はより若くきれいだった。母から聞いた話だと子供を流産して一時期新潟の実家に帰っていたが、一年ほど前に寒さに追われるように、またこちらに戻ってきたらしい。なにかと手がかかるようになってきた義母の面倒と家事と神社の仕事とをそれぞれ手助けしているらしい。

その日は水曜日。踊りの稽古は休みだった。

「買い物ですか。義母(おかあ)さんお一人で大丈夫ですか」

落ちつけばぼくにもそんな世間的な話ができるようになっていた。志乃さんのように気軽に声をかけてくれる人がけっこう家に出入りしているのでそのおかげと思った。

「夫のムネチカが運転するクルマで総合病院に行ってます。いまの時期の病院はなにかと混むので、あまり遅くなるようだったらひさしぶりに、町の親戚の家に泊まってくるかもしれない、と言ってました。義母の妹さんのところです。三丁目の海に近い近江屋です」

この町と隣接する市の有名な宿屋さんだった。

沿岸料理や団体の宴会でいつも賑わっていた。ぼくの母の踊りの「おさらいの会」などというのを年に何度かそこでやっていた。

「ここからだったらわたしの家は、というより神社ですが、ほんのはなの先です。ちょっとまわり道してみませんか。神社の内側なんて見たことないでしょう」

志乃さんははずんだ声でそう言った。どうしても行きましょう、という決意のものか、下駄をしっかり履きなおすときにうつむくと真っ白な細いうなじが見えた。カストリ雑誌『デカメロン』の挿絵の女がよみがえってくる。

「これから夕方の時間ですよ」と知らせるようにキビタキという春の鳥が数羽で波のようにクイ

クイうねって飛びすぎていく。

境内に行くには神社の正面にむかってまっすぐ伸びている急峻な「男坂」とその百メートルほど横にあるクルマでも登ってこられる「女坂」があった。

「どちらにする？　わたしは慣れているからどちらでもいいのよ」

歳上のせいもあるのか、志乃さんは神社が近くなるとずんずん軽くうちとけていった。

三十メートルぐらいの高さの丘陵の横腹に大きなトリイがでんとかまえ、コンクリート製のまっすぐな階段がつくられていて、やはりまっすぐの手すりが片一方につくられている。子供の頃ときどき遊びに来ていたところだった。中学のときには夏の夜に消防団のあんちゃんらと「キモだめし」に何度か来ていた。恐ろしい話を沢山聞かされてから一人づつ行くので結構怖かった。

ずっと以前、冬場の風の強い日にこの石段をすべって落ちた人がいて、死んでしまったので小、中学生は一人では行ってはいけない、と厳しく言われていた。

ぼくは仲間らとここには何度もタンケンにやって来ていた。ムササビやリスがいると言われていた。ユーレイもでると一部の大人たちまで本気で言っていた。ユーレイは夜更けに、白い着物を着て、頭にローソクを三本たてている、ともいう。高い杉の木が何本も生えていてソウジュウロウ網籠をかぶった人が歩き回っていることもある、と言われているが、ぼくたちはそのカゴがどんなかたちをしているのか誰も知らなかった。

なんとなく意地の張り合いのようになってぼくと志乃さんは互いに独力で「男坂」をあがっていった。石の隅に苔がとりついており、濡れているとたちまち滑りそうになっていたのでまだ頭の傷のこともあるから十分注意しなければ、と思った。

境内まで来ると思いがけないほど全体が暗くなっているので少々驚いた。男坂から敷石をとおってまっすぐのところに馴染みになっている社殿が見える。

「正面が拝殿ですよ。田舎の小さなヤシロですからそのうしろにおもちゃのような本殿があります」

ヒトケのない神社は凍りついたようにしんとしていた。

「神様はどこにいるんですか」

「それは本殿ですよ。小さい社だから神様も小さいのです」

「ここには普段は神社の関係者はいないのですか?」

「だいじょうぶ。普段は神様しかいません。強いていえば狛犬がいるのかな。拝殿の両側に座っている神様の犬です。それから本殿にはネズミがいますね。沢山住み着いています。コロコロした軽い音はたいていかれらですね」

志乃さんが「だいじょうぶ」と言った理由がよくわからなかった。

「寒くはないかしら?」

志乃さんが聞いた。寒くはなかったけれど「しん」と深く深く静まった社殿のなかにいると聴覚だけが異常に研ぎ澄まされて、天空の高いところがざわざわいってそのあたりにいままで気にならなかった強い風が吹いているようだった。

「そうね。せっかくここまで来てくれたのだから普段見ることはまずできない秘密のモノをお見せしましょうか」

何を見せてくれようとしているのかその段階では見当もつかなかった。

「一生に一度見ることができるかどうか、というものですよ。灯がいるので、いま母屋から持ってきましょうね」

社殿のなかに入ると志乃さんの白い顔の輪郭がやっと判別できるくらいになっていた。境内も薄闇になっているはずだった。志乃さんのおとがいが「おやっ？」と思うくらいとがって見えたがそれを確かめる隙もなく志乃さんは体を翻すようにして参道から少し先の普通の建築仕様の建物にむかってカラカラ下駄を鳴らして走っていった。

志乃さんが持ってきたのは錠前と言われている大きなカギと、不思議な形をした懐中電灯で、そうとうに時代ものらしかった。縦型の灯籠のようなつくりになっていて、一時代前まで蠟燭を灯として持ち歩いていたのを電池で灯すようにしたものらしかった。

「不思議な形の懐中電灯でしょう。明治の頃に使われていたらしいのよ。こういうところは何もかも古くさくて……ネ。でも真夜中に見回りなどに出るときにはこういうしくみのほうが役にたつんですよ」

「真夜中に見回りに出るんですか」

「ええ。これからお見せするものと関係があるんですよ」

志乃さんは秘密めかして少し笑った。持ってきた不思議な形をした電池灯籠のようなものはさげると前方と、上のほうに光がぬけるしくみになっていて、考えてみると提灯の利点を保っているようだった。下から上を照らすあかりは志乃さんの顔全体をするどくとがったように見せていた。

それから志乃さんは先に立って神殿の横にある別の建物にむかった。

「これは神殿ではなく、神楽殿ですよ。お神楽といえば、わかりますね」

志乃さんはそうおしえてくれた。背のひくい一階が宝物殿になっているようで、なるほど大きな錠前鍵が二種類つけられていた。

引き戸は志乃さんだけではいかにも無理に思えたので要領をおしえてもらってから力をこめて手伝った。キシキシ気になる音をたてて大戸がひらき、なかから黴と藁やなにやら動物っぽいものの匂いがカタマリになって飛び出してきた。

「病み上がりのところ力仕事させて申し訳ないです。わたしたちいまは二人で一人前ね」

倉庫のなかはまっくらで何か小さな生き物が走り回っているような音がした。

「ネズミです。でもわたしたちが来たからもうあらかた逃げてしまっているはずですよ」

志乃さんは建物のなかを例の提灯電灯とでもいうようなもので照らし「チチ、チチチ、チチ」と言った。数秒のあいだだった。

「おまじないみたいなものです。これでもう邪魔者はいません」

と言って笑った。どこかますます不思議になっていく、思いがけず魅力的な人だった。

大戸をしめるのがまたひと仕事だった。

志乃さんはいくつかの古い小箱を取り出していた。沢山の埃にまみれているはず、と言っていた。

「灯をつけると埃がひどすぎてここから出ていきたくなるので少し暗闇を我慢してくださいね」

そう言いながら身をよせてくるようなしぐさをするのでかえって埃が増えている感じだった。

「チチ、チチチチ、チチ」化粧品の匂いが濃厚になる。

しばらく我慢して古めかしいナニモノカの埃や黴を呼吸しなければならない、ということらしい。

やがて志乃さんはひとつの小箱をあけた。中から出てきたのはそれも同じく不格好な人形だった。いかにもむかしのしろうとが厚紙で作った手製のもの、といった不格好なつくりになっている。顔は茶色の布を小さく丸めてそのところどころに墨でいいかげんにシルシをつけたような不細工なものだったが、暗闇の霊気を発しているようで、確かめてよく見る気にはならなかった。これがなんであるのか質問する気にもならなかった。不穏な気配に満ちていて見てはいけないものを目にしてしまった、という気持ちのほうが大きかった。

志乃さんはすでに別の小箱をあけていた。そこにも全体が藁で作られたような不格好に直線を組み合わせた人形があった。

顔のところに布が張ってあり、そんなものがあるだけ気味が悪かった。

「なん、なんですか、これらは」

あまりの不気味さにぼくはまた掠れた声しか出なくなっていた。

「人形ですよ。呪いの人形」

直観でそうではないかと思ったが、そういうものの現物をいきなり見せられるとは思いもよらなかった。

「うちは縁結びの神社なんですが、その反対のコトを願ってくる信者さんもいるんです。あんな人形を作って深夜、神社の立木に大クギで打って呪いをかける。丑の刻参り、って聞いたことあるでしょう」

黴臭い部屋から社殿の外に出て、一息ついてこの神社の秘密を聞いた。

「杉の木のウロなどによく打ちつけられています。丑の刻にそういう迷惑なやからを見つけるのも神社の仕事なんです」

「怖くはないですか」

「それは怖いですよお。深夜にやってくる人は、その人本人も恐怖と緊張で顔は蠟面のように硬直しているし、口には剃刀をくわえています。ときには緊張のあまり剃刀をくわえる方向を間違えて刃のほうを内側にしている人もいて、くちびるの端から血が吹き出していたりしますからねえ」

「そういう人はどうするんですか。神社の対応は？」

「家のなかにいれて、まず落ちつかせます。たいてい深刻な事情がありますから頃あいをみて宮司がやさしく話を聞いてあげます。落ちついてくれるまで何時間でも」

「神社もたいへんなんですね」

「人助け。という大きな役割がありますからねえ」

あちこちの梢が動きだしてきたのか林全体がざわざわいってそろそろ本気で風が冷たくなっているようだった。

「あなたの家のあたりから比べるとこのへんは温度が少し低くなるんです。これでも山の上ですからねえ。そうそう。もうひとつ宝のように貴重なものがあるんでした」

志乃さんはそう言って返事も聞かずまた本殿のほうにぼくをつれていった。本殿に入るまえに二礼二拍手、一礼のキマリゴトの基本をまた一緒にする。志乃さんは本殿の端のほうからさっきよりも大きな箱を持って出てきた。今度は何を見せてくれるのか、ぼくはいささか用心する。用心してよかった。

箱のなかから出てきたのは体全体がぐらりと揺れるような底抜けに恐怖的な般若の面だった。ずいぶん年を経ているらしくところどころ欠けたり、大きく黒ずんで変色したりしている。

「怖いお顔でしょう。これは、さっき言った丑の刻参りをしていたある方からいただいたものなんです。これを納めてもらい、自分の闇にむかっていくあらくれる魂をしずめるのをお手伝い願いたい。私の手から離れさえすればわたしは立ち直れるのです、とおっしゃっていました。そう言われ、受け取らないわけにはいけないことになってしまったんですよ」

志乃さんがどうしてそれをそのときぼくに見せてくれたのか理由とか意味はまるでわからなかった。

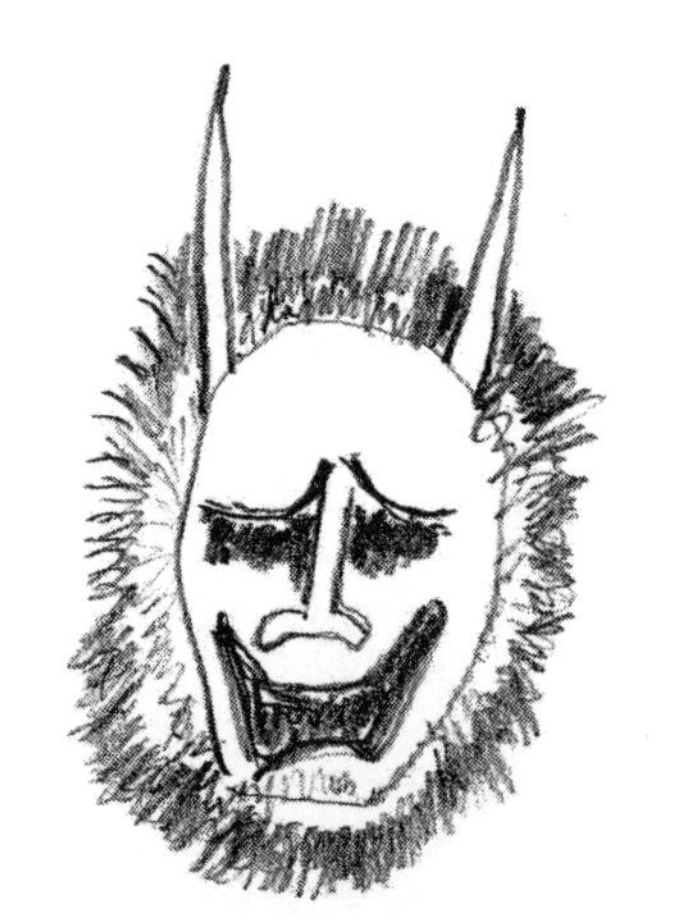

気がつくと、志乃さんは胸に手をおき、少し荒い息になっていた。続いて般若の面を床におき、ぼくを正面にまっすぐ見ながら近づいてきた。あかりが下から伸びてくる。その光をうけとめる志乃さんが般若にみえる。

「いまはわたしのほうが丑の刻参りに出ていきたいくらいなんですよ。ムネチカなんて奴。チチチ、チチチチ」

この人はいったい何を言いだすのだろう。ぼくは困惑し、急速に気持ちをふるわせていた。

# 強い女たち

どうにも困った秘密の習性がついてしまって、いままでの、基本的にのんびりした性格や感情がヘンなふうに破綻しつつあるのを感じていた。週末になるとときおり高橋コロッケ君がなんのこともなくやってきてくれるので、彼とサイダーなんか飲みながらいろんな話をするのが気分転換になって密かに助かっていた。

週末は母親のお客が頻繁に出入りするので、ぼくの行動範囲は限られてきていた。ぼんやりしたようにいきなり目的もなしにでかけてしまうこともできたが、頭にハチマキのような包帯をまいていたのでそのあたりを歩き回るとそうとう目立っているようだ、ということは我ながらよくわかり、けっこうストレスになっていた。

結局、なにも真剣に集中できないままに、それまでの日課である幼稚園が早くおわる週三日には姪を迎えにいって一休みしてからまた姪を連れての三十分ほどの散歩にでかける、その折りにときどき頼まれるちょっとした買い物、ぐうたらした体を休める適当な昼寝。という大雑把なルーティーンを続けるしかなかった。

それらのなかでも一番気になったのは長兄の部屋の秘密の探索で、可能性のある日はそれがその日の最大の関心事になっていた。

平日の午後三時前後、義姉と姪が一緒にお散歩にでかける時間である。

家の奥のほうでは母の舞踊教室の活況の時間。疲れを知らない三十人ほどのおばさんらが集まって、熱心に稽古している。

義姉母子が本格的な散歩にでかけ、それに続いてぼくの浮わついた心をはやしたてるように三味線と小太鼓の耳なれた曲が聞こえてくる。そうなるともうぼくの体は自然に行動してしまった。

長兄の部屋の無断探索は犯罪にちかい無礼で恥ずかしい行為だとわかっていたが、毎日がその瞬間のためにやってくるような気持ちになっており、どうにもほかのことに気持ちの向けようがなかった。

その日も午後一時半ぐらいにいつものように義姉と姪は、いま幼稚園で流行っている「買い物ソング」というのを歌いながら元気よく家を出ていった。奥の部屋の舞踊教室からのお囃子もいつものように軽快に飛びぬけて聞こえる。

ぼくは用心しながら長兄の部屋に入り込み、まずは押し入れの中の本棚を眺めた。

一番上の棚に横積みされた本が二列になって積み重なっている。このあいだ見た『デカメロン』はだいたいまえと同じ位置にあった。その日は侵入する前に考えていたように、もっと全体を眺めわたすことに留意した。本棚は基本的に長兄の仕事関係、戦争関係の懐古譚、とくに海軍のもの、建築と商店経営にかんする本、あとは経理、会計の専門書などだった。横積みされている雑誌のなかにデカメロンのような異彩をはなつ雑誌がほかにないかとじっくり見ていったが同じような雑誌はもうなかった。専門書の多くは税務、経理、会計などのものだ。そのなかに『生活心理研究レポートⅠ』『生活心理研究レポートⅡ』というのがあってその二冊がどうにも正体不明に別種類だった。

　学術書みたいな感じの地味な色の表紙だ。積み重ねを崩さないように丁寧に引き抜いてあてずっぽうにページをめくった。

　活字ではなくなめらかな手書き文字で、いかにもあぶなっかしく何ごとか書かれていた。筆記文字の謄写印刷だった。少し前の学校関係の印刷物などに似たようなものが多かった記憶がある。すばやく目をはしらせていくとその手書きの文字のリズムに慣れてきた。

　あやしいことを期待していた気持ちにそれはいかにも効果的な刺激だった。文字の羅列そのものがきわめて猥褻、ということがよくわかってきた。

　ところどころに写真があった。同じ印刷方法なんだろう。どれも全体にぼやけているように見えるが、共通しているのはどれもあぶなっかしい素人の記念撮影風、ということだった。

　半裸の女が大多数だった。

「見つけた」という興奮と安堵が走り回っているのを感じた。

　どれもさして恥じた様子もなく、きわどいほどあっけらかんとした表情がなんとも刺激的だ。それぞれ関連なく撮られたものらしく明るさもサイズもばらばらだ。殆どが普通の家で撮っているように見える。これがそうなのか、と思えるいかにも商売している部屋、という感じで安っぽい布団に女がくだけた感じでだらんと寝そべっている写真もある。

　年齢もたたずまいもばらばらだった。でも写真に写っている女はすべて本物なんだな、ということもつたわってくる。すべては秘密の世界なんだな、とわかった。笑っている顔が多い。男がその写真を撮っているのだろうか。どの写真にも男は写っていない。

——世間にはいろんな女性がいるが、身ぐるみはいでしまえばこんなふうにみんな同じでしあわせそうに笑っている。ということがその写真全体の説明のように書かれていた。心臓の鼓動が激しくなり、あたまもくらくらしてくる。もう一冊も同じようなつくりだった。書かれているものは殆ど投稿されたものらしい、ということもわかってきた。

全体に戦後の混沌とした気配が怪しく陰気に漂っている。

デカメロンとちがって、この二冊は確かに全体に「心理研究」という概念があてはまるような気がした。でもどこかにいちばん大きく「秘密」という文字がたくさん踊っているような気もした。

またその日も奥のほうから小太鼓や三味線の音が刺激的に飛び込んでくる。

頭がくらくらしてきたので義姉たちが帰ってくる前に部屋をでた。

それから十日ほど、このような探検にはでなかった。病院の定期検診があり、傷の回復は予想以上でヨロシイ、ということがわかった。全身の体調バランスのために点滴をしてもらった。入院していたときに日課として「たぬき」が点滴の薬瓶の減りぐあいを注意深く監視していた。

点滴の薬瓶がカラになっても腕に針をさしたままだと空気が体のなかに入って死ぬ、という根拠はないけれどオソロシイ話が病室の中にとびかっていた。入院している間はたぬきが来てくれているから昼間は明るくて静かで安心だった。

怠惰な気分を続けているある日、ぼくの母がやってきて「お宮のお嬢さんから電話よ」と言った。思いもしなかったことなのですぐに受話器にとりついた。

志乃さんの電話の内容はこうだった。

――そちらの教室（舞踊教室）が年に一回やっている教室ぐるみの温泉旅行があるけれど、大勢いくのでみんなの面倒を専門にみてくれる人が二人ついてくるから、宿泊料金もかかることだし、あなた（志乃さん）はその日、家で休んでいなさい。といわれたらしい。

それなので三日あるその期間のどこかの日、少しながい散歩をして山の上の神社にこられませんか？という内容だった。意外な話だった。


六月に入ったばかりだったけれど暑い一日だった。よく晴れていたが夕方頃ふいに雨が降った。でもすぐにやみ、夏なら夕立と言ってもいいくらいの唐突な雨だった。

急な男坂（石段）をあがり、境内にいくと社殿の奥に小さなあかりがひとつあった。提灯のあかりらしかった。

そのあかりが唐突と思えるくらい目立っていた。歩いてきたそこまでの田舎道はまだ十分明るかったのだが境内の暗さはちょっとたじろぐほどだった。ひとの気配はなくどうしたらいいのかわからず社殿の前に突っ立っていると、母屋のほうから志乃さんがチャキチャキ足元を鳴らしながら姿をみせ、早足でやってきた。

雨にすっかり湿っている境内では走ると危ないですよ、と声をかけている間もなく、志乃さん

は目の前にやってきてさらに息をはずませていた。

誰もいない夕暮れの境内とはいえそんなに激しく顔をあわせるのも恥ずかしいような気がしたが、志乃さんは子供がイヤイヤでもするように首を左右に振って「ああよかった」などと言っていた。その動作と口にしている言葉が一致していない。

志乃さんの化粧の匂いが雨あがりの境内にちょっとたじろぐほど濃厚に流れているのがわかる。雰囲気としてそろそろこっちが何か言わなければいけない状態になっていたのだけれど何を言うべきかわからなくなっていた。

「せっかく来てもらったんですから簡単に当神社のご案内をさせてもらいましょうねえ」

ひといきついたあと志乃さんはふざけて観光ガイドのような口ぶりになってそう言った。子供の頃何度か遊びにきていたところにいまさら案内なんて必要なかったけれど、こちらから気がきいた話が何もできないのだから、志乃さんの提案はありがたかった。

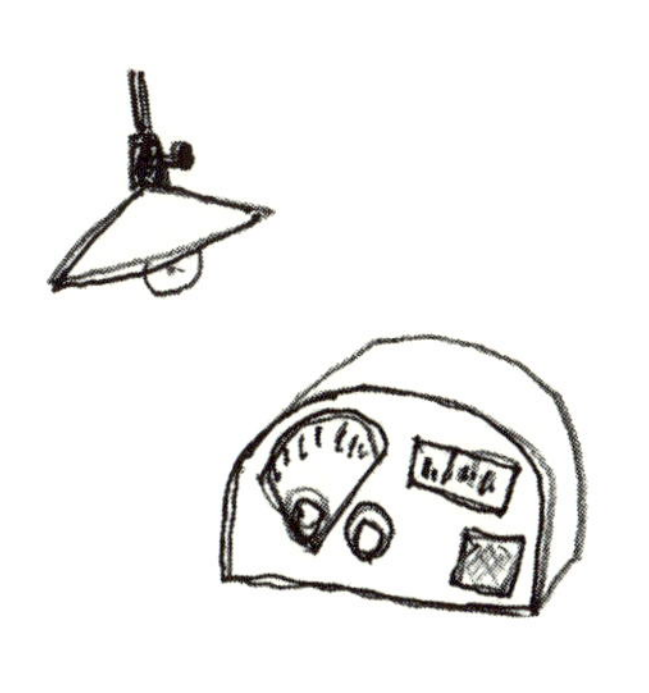

鳥居は神社の神殿の前に建てられる。この神社の入り口である男坂の急峻な坂の前にあるんだけれどあそこは登り降りする石段の幅が狭い上に坂の勾配が急すぎて、そんなところを重い神輿の登り降りをしたら大変なことになるから神輿は鳥居をくぐれず、緩い女坂から迂回しなければならない、ということをさらさらとおしえてくれた。
「それも、このお宮の神輿はことのほか大きくて重いからなんです」とつけくわえてくれた。少年の頃、この神社のまつりを見にき

たことがあり、立派なその神輿を見て、登り降りできない傾斜にするとは、といまいましく思ったのを思いだしていた。

鳥居をくぐると社殿の前に狛犬がいて神社の番をしている。

狛犬は左右二頭がむかいあって座り、短い会話をしている、ということは聞いて知っていた。

だから一頭は口をいくらかあけ、むかいの一頭は（一）の形に口を閉じている、という。その短い緩い会話は口をあけているほうが「あ」で閉じているほうが「ん」であり、「あうんの呼吸」というのはそこから生まれた、という話も以前聞いた記憶があった。

さらに狛犬の足元にそれぞれ子犬がじゃれついているのだけれど、志乃さんが言った、「うちのは安物のそこいらの石に細工したようで、子犬はもうほとんど崩れてしまっていていまではなにがなんだかわからなくなっている」という話はそのとき初めて聞いたのだった。

もうあたりがだいぶ暗くなってきていた。「あらまあ、いつのまにか暗くなってきましたね。ではそろそろうちの〝御本尊〟を拝んでくださいな」

志乃さんは少し笑みを含んだ声でそういうと社殿の横にぼくを引っ張っていった。

そこには小さな祠のようなものがあってなにかが別に奉られているようだった。

石だった。ただの石だった。そこらにころがっている道ばたの石よりは少し大きく形が整っているようだったが、それでもやっぱりただの石だった。

「この前お話ししたようにうちは縁結びの神さまでもあるのですね。だからむかって左が男石、右にあるのが女石ですよ」

志乃さんは両手をひらひらさせておしえてくれた。

男の石は隣の女石より細く長い。倒れないようにだろう、下が縦に土のなかに埋められていた。女石のほうはまん丸でだいぶ時間をへているようなしめ縄らしいものをまき、ところどころに小石を巻き込んで丸い石をとりまいている。

やっと意味がわかってきた。

蚊が出てきたらしく我々のまわりをとびかいはじめている。普通なら手で叩いて始末するようなタイミングだったが、神様がいるところだからそんなこともできない。志乃さんにそのことを言うと、

「でも蚊は雌が刺すといいますよ。いえそれだけじゃないの。刺して吸うんです」

と言った。

「雄はやっぱり何もできないのよ」

続けて謎のようなことを言った。

初夏をむかえつつある神社も、日の暮れる速さは秋にいう「つるべおとし」とさしてかわらない。

志乃さんはおまいりしたお礼に、といって小さな御札をふたつ石像に貼った。少ししめらせて

あったらしく濡れた石像にそれらはきちんと納まった。

志乃さんはそのまま両手をあわせてなにごとか祈り、ぼんやり見ていると、ぼくを見あげ「一緒にお祈りしてください」と言った。

この場合、何を祈ったらいいのかちょっとわからない。ぼくが立っているところから本殿のあかりが見える。据えられた提灯のあかりがいつのまにか弱々しくなっていたが、かえって光の強さは増しているようだった。その提灯の光を見つめていると、志乃さんが暗がりから見上げた顔が一瞬、般若のように見えた。

# 日暮れ鳥が鳴いている

ぼくの頭のなかの志乃さんは、貪欲で奔放な意志をもち、朝な夕なぼくのまわりをくねりまわっていた。妄想はいつしかバランスを崩し、志乃さんの丸い尻はずんずん白くて巨大になっていった。それだけがまるで別の命を持っているようにくねくね動きまわりはじめている。

いまは志乃さんとときおりすれ違うようなときに気軽に話をするようになっていた。以前は近寄ってくるだけであたりの空気まで染めつくすような猛烈な化粧品の匂いにたじろいでいたが、いつしかそれが違ってきていた。おもいがけないことにそれらはしだいにやわらかくこころ惑わすものになっていき、こちらの身にそっくりまとわりついているようになっていた。

その匂いのまんなかに立っている志乃さんはよく見据えるとずいぶん綺麗な人なのだ、ということに気がついてきた。

その日も拝殿で密会した。夕闇が覆ってきていて、さっきまでの驟雨はやんだが境内の沢山の樹々の全体が小さなしずくの音に覆われている。

拝殿は三方向が素抜けになっていた。もっと大きな拝殿だったら三方向に雨覆いがほどこされているものらしいが、この神社は周囲の木や草や風の匂いにまかせてずっと三方をあけたままでいるつくりのようだった。

「おんぼろ神社のいいわけとしてはこういう季節は夜風も通すようにしているんですよ。まいにち闇のくるのをよろこぶ神さまもたくさんいますからね。寺社の情けの妙縁でうちには虚無僧だってやってくるし、乞われれば一夜のしとねもさしあげます。見回せばそういうのがぼんやり見えてくるでしょう。トゲトゲの山犬だっていますしね。むかしの寺社のおかたは乞われれば、虚無僧にだって山犬にだってからだをうちひらいた、といいますよ。チチチ、チチチー」

志乃さんは低い声で少し笑い、そのようなことを言った。

境内に入ると志乃さんはなにかというと小さな声で「チチチ、チチチ」と言った。二度目にその拝殿で逢ったときに思いきって聞いた。徘徊している凶暴な野良犬の対策でもなければただ単に天井のヤモリが鳴いているのかもしれなかった。

「その、チチチーというのは何ですか?」

いまは使っていない灯籠の小さな石囲いに、むかしはオナガという力のある小鳥が住んでいたという。

「灯籠から去るのは厄はらいによるから、あの空っぽの灯籠には用がないことのようでしたね。あはは。チチチチというのは雄が雌を、その反対も、相手を呼ぶ切ない鳴き声なんですよ」

志乃さんは言った。

なんの厄はらいなのかは聞けなかった。

というのもそのあとまったくのとつぜんだったけれど、志乃さんは社殿を護る狛犬になったような唐突さでいきなり目の前のぼくに突進してきたのだった。

それまでなんだか不自然な沈黙があって少し前から不思議な気配が流れていたから、ぼくはそんなにたじろがなかった。

志乃さんはいつのまにか荒い息をしていて、いつもの化粧の匂いのほかにわきあがる神殿の麝香(じゃこう)や護摩屠蘇の深い香料のようなものが浴衣の胸や懐からふきあがっているような気がした。

立ち上がった狛犬は顔も体も阿修羅のようで志乃さんがえらく大きくなったように感じた。ぼくは片足を後ろにひいて志乃さんの突進を受け止めるのに精一杯だった。

志乃さんが自分ではだけた胸のあたりがいきなり薄闇のなかに浮き上った。丸くて思いがけないくらい緊迫力のある乳房だった。

そこから首すじにむかって光っているのは小さな汗のようだった。

そのとき気がつき同時に驚いたのは志乃さんはいつのまにか着物一枚しか身につけていないらしい、ということだった。

境内で逢ったときにもうすでに下着をすっかり脱いでいたらしい。志乃さんはいつも思いがけないことをずんずんひたむきにやってのける人だった。

志乃さんの膨満した闇のなかの乳房がそれじたい光っているようにみえた。小さな夜の蛾がこまかい振幅でいくつかハタハタと低いところを飛んでいた。そのとき社殿の床にとびとびにあるあかりに気がついた。

志乃さんがあらかじめそのあたりに用意しておいたものが互いにまとわりつき光が増したように思った。蛾も夜にはあるかなきかの甘い花蜜にとりついていくらしい。

すでに上気し、沸騰し、気持ちを揺乱させていたぼくは辛うじてそんなことを理解した。

その日志乃さんの義母は母屋で連続テレビドラマを見ている——とさっきこの境内にきたときに志乃さんは唐突にそんなことを言った。そのとき志乃さんはいきなりぼくに対して少しよろけてきた。

たそがれが濃度を増している。

「おかあさまは毎日、この時間は夕方の連続テレビドラマを見ているんですよ。もう、それは熱心にね。そしてそのあとは別のものをなんでも流れてくるままにじっと見ています。おかあさまは夜の境内はころびやすいからといってもうおもてには絶対でてきませんのよ。……だからね。 

チチチ、チチチチ」

夕闇が、さらにじわじわと闇の濃さを増し、それと同時に急に増えてきたらしい沢山の小さな羽虫がそのあたりをとびかっていた。

志乃さんは細い帯を片手でといて、しゃらしゃらとそのまま片方の手で素早くからめとった。

白地にこまかい小笹模様の涼やかな着物の左右の長襟がいくらかたわんできた。やがてそれらは自然にひらき、志乃さんの淡く光っているような白い裸体のあらかたがぎらんと剝き出しになっていた。

息を呑むような瞬間だった。志乃さんの足のつけねのあたりから下腹部の真ん中へんまで黒い炎のようなものが渦まいて噴きあがり、夕闇を押し退けるほどのちからで奔放に踊りあがっているように見えた。それは下腹部をそっくりわらわら燃えつくすようにしてふくれあがり、踊りあがり、生きているようにもみえた。

志乃さんは別の生命体のように自分の体をくねらせながら全体で覆いかぶさるようにしてぼくにのしかかってきた。目のなかにそれとわかるように熱くちりちりしたものが分散した小さな炎のように濃密にたぎっている。

「ねえ」

と、いう声がする。むこうがわで『デカメロン』の人妻が不思議な肢体で踊っているように思えた。力のある丸い尻がクルクルと別の生き物のように跳ね、かまわず前に横に揺れながら貪欲に燃えさかる黒い炎になりつつあった。志乃さんが自分の指で自分のからだをひらいているのがわかる。急激にいきりたったものがとまどいをくりかえし、でもやるせないように、じっさいにはまるでがさつに、強靱に突き刺さり、呑みこまれていく。

どこからともなくまた聞こえる。

「チチチ、チチチ」

闇のなかにこの前見た「般若」の燃えるような目と怜悧に湾曲した牙角が踊っているようだ。その下にある尖った両目が遠いところで力にみちて小さく赤く光っている。

## 廃屋

それから数日してぼくの母親から「いそぎこちらにいらっしゃい」とお弟子さんを通していきなり言われた。これまでそんなふうな、いきなりの呼び出しのようなものはなかった。しかも伝言だなんて。

その頃家には電話機は母のところにしかなかった。それもごく最近設置されたものだった。母のいる稽古場横の部屋に行ってみると、母はメガネをずらしてなにかの帳面を熱心に覗きこんでいた。めずらしく困っているような顔をしていたが、どうやらいまは目の前のノートの記載用件に困っているようだった。

「ああ、あんたに電話がきてるわ。返事はあとでいいらしいけれど」

母はなんのこともなくそう言って小さな紙キレに書いてあるメモと数字を渡してくれた。すぐに志乃さんのものだとわかった。いままでぼくは志乃さんのところに電話をしたことは一度もなかった。

お弟子さんの連れてきたらしい四、五歳ぐらいの女の子が毛糸玉の手づくりらしい手毬を放りなげながら舞台の上を走ってきた。心配して見ていると積み重ねられた座布団に乗り上げてあっけなく転倒しすぐに泣いた。

母のよこした志乃さんからの用件はあっさりしたものだった。

ぼくのこころの内側では安堵と不安が錯綜していた。電話は自宅の母の隣の電話でかける以外には駅までいかなければならない。迷ったけれど家の電話をそのまますぐかった。賭みたいな気持ちになった。

すぐに志乃さんが出た。

予想したような、鬱屈したような気配はなく、あっけらかんとしたいつもの志乃さんの声だった。

「早く逢いたいの。早く。おねがい」

束の間の安堵をぶちこわすように、志乃さんの声はまわりにそっくりモレ聞こえるのでないか、と思えるほどの力にみちていた。ぼくはすぐに答える言葉を思いつかないまま、受話器をもどした。絶対にかけなおさないでほしい、と低い声でねがった。

這い出るような気持になって母の部屋から出た。

「済んだの？」

母は言った。

「もう済んだ、もう済んだ。もう出なくていい」

とりあえず言ったけれど、面倒なコトはこれから始まるような気がした。


家から歩いてほんの十分ほどのところに花見川が流れていた。怪我をする前、この近くの土手には定期的にトレーニングをしている人や犬の散歩、薪ひろいなどの用事でやってくる人がいた。そしてそこはなにかというと悪友たちとの溜まり場になっていた。

秘密の作戦としては当時は「アベック」と呼んでいた大人たちのカップルを追って、彼らが好んでいく大きな建物や疎林などを追い、物陰で熱心に抱き合っている二人を数人でドコドコ胸を弾ませながら覗いていることがあった。

「アベックは週末の夕方頃にやってくるからよお、ここらの刺し虫と同じだな」などといってみんなで笑った。アベックもぼくたちもひっそり隠れる場所をいろいろ詳しく知っていた。

思えばそんな野猿のようなことをしていたときから数年後、じぶんが狙われるアベックの側となってそこにやってくるとは思いもよらなかったが、ついこのあいだまでのその町のどろんこガキとして走り回っていた身としてはかくれ場所などいくらでもある、ということをよく知っていた。

だが立場がかわるとこんどは中学生ぐらいの連中からさりげなく身を隠すのはあんがいむずかしい、ということに気がついた。そしてそんな連中のやってこない秘密の場所はわりあい堂々としたところにあった。

花見川改修工事の一環として作られていたトロッコの洗車場などはそのひとつだった。

いまはもうトロッコは使われていないので放置されていた。大きなプールがいくらか傾いて水をため、廃棄されたトロッコがそこらにころがっていた。陰気に濁ったプールには水草がからまりあって濃密にかたまり、雷魚やナマズがいたけれど、回遊しない水はそれらの成長をとめてしまい、いまでは廃屋の建物と好対をなしてみんなひっくるめてまるで死んでいるような場所になっていた。

釣り人は誰も寄ってこないしあまりにも殺風景なためにもうめったにアベックなどもやってこない。

もちろん子供たちは立ち入り禁止だった。禁止といわなくても風景全体が殺風景すぎたので、怖がって誰もやってこなかったのだ。

ぼくと志乃さんはあまり会話のないままにその廃屋と放置プールのあるところにゆっくり行った。

そこにくるまでに少しだけ話をした。

志乃さんははっきりとは言わなかったけれど我々のことはどうやら志乃さんの母親と、志乃さんの旦那さんの宮司さんに知られるところになってしまったらしい。

志乃さんと束の間逢える場所、というものが社殿まわりにはもうまったくなくなってしまっているのがはっきりすると、かわりにぼくは子供の頃からのその隠れ場所に案内したのだった。

志乃さんはあくまでもあっけらかんとした人で、その廃屋に行くことを何よりもよろこんでいた。

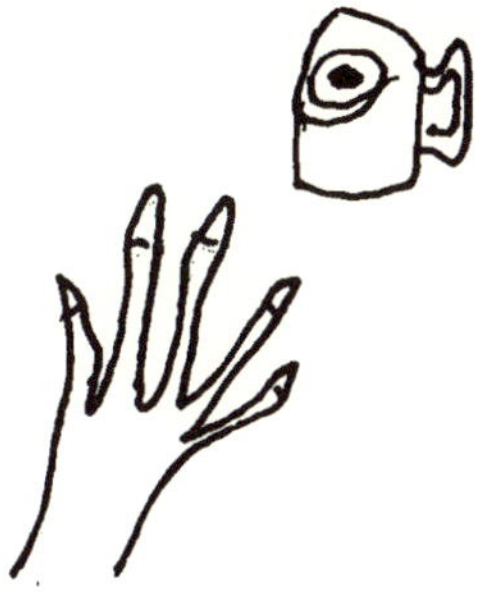

我々が社殿で密会していたことがわかってしまったあとのとりつくろいはいったいどうするか、ということについてはまるで話に出なかった。そんなことでいいのだろうか。ぼくはそのことのほうがずっと心配だった。

ぼくはその日、目立ちすぎる頭の包帯をそっくり外し、自分で傷の状態を見て、医者通いをとりあえず中断し、今後はそういうことを自分で判断していくことにした。

そうしないと頭を包帯でぐるぐる巻きにしたままの学生みたいな男と大人の女の二人連れが工事現場にしのびこんでいくのなんてあまりにも異様だった。

包帯を解くと、ぼくの目の横に七針九センチ、右側の額から頭に十四針縫った跡がまだ外側から見てもそれとわかる深い傷跡になって残っていた。

「よく生きて戻ってきたものだ」

それを見て自分でも強く感じた。それでもよくここまで回復したものである。

事故の直後、手術室にかつぎこまれたとき、意識がいきつ戻りつしていたときにぼくは一本の指を傷に持っていった。傷は乾いていたが思いがけないほど深いのを知った。そのなかにそろりそろりと指を入れていける。全身にアドレナリンが噴出してきているらしく、痛みはまったく感じなかった。

そのときはじめて自分の傷のただならぬ深さを知ったのだった。死ということはあまり強く感じなかったが、ふたたび空や海を見たり、普通に道を歩いていくことなど、もうできないのかもしれない、ということは感じた。

「まあ、いいや、どうだって」

小さい頃に密かに思ったことがまた同じ言葉になって戻ってきた。

運ばれていく闇のなかに沢山の幻覚が蠢いていた。友人たち。少し前に死んでしまった父。母や弟。小林先生は眠るんじゃないぞ！と黒板の前で言っていた。どこかへ行ってしまった犬のジョンが少し離れたところをトコトコ歩いている。

「ジョン」口のなかでそう呼んだときにタンカは病院の入り口に着いた。ぼくをそこまではこんでくれた知らない町のタクシーの運転手のYシャツは胸のところが血まみれになっていた。それだけ沢山の血が出ていてもぼくは痛くはなかった。誰かが吹いている口笛みたいなのが聞こえていた。

# どこまでも迷惑せんばんなオレ

その日、曖昧な気分ながらも思いきって町はずれのバス停で志乃さんと待ち合わせた。そこから近道をたどって半年前まで浚渫工事をやっていた花見川にむかった。

めざしたのはかつて何台ものトロッコを牽いて走っていた小型ディーゼル機関車の修理基地。それまで使われていた機関車は廃棄同然となって風雨に晒されている。

しばらく迷っていたけれど漫然と待っている気にはならず、一刻でも早く志乃さんの話を聞いておきたかった。けれどどこんなときに志乃さんと野外で会うことそのものに怯んでいた。

自分と志乃さんとのことが志乃さんの旦那さんの宮司さんに知られてしまった、という衝撃的なことを最初におしえてくれたのは志乃さん当人だった。

どのくらいのことが知られてしまったのかまだわかっていなかった。聞いているのは数日前に志乃さんが電話で早口に伝えてくれたことだけだ。あまり詳しく聞くのもためらわれたがはっきりしていることや目下の状況などはできるだけ早く知っておきたかった。

その電話での志乃さんの口ぶりは相変わらずあっけらかんとしたもので、話の内容とは裏腹に

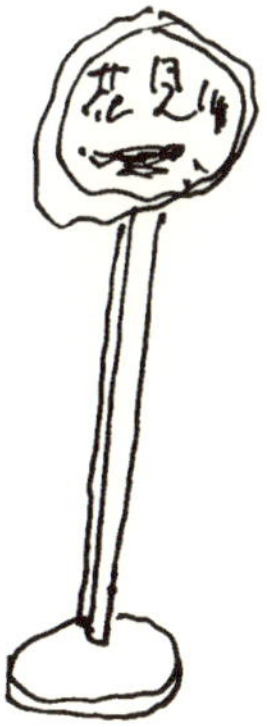

志乃さんの声は異様に明るかった。

　その日実際に志乃さんと会って少しわかったのは、はっきり目撃されているのではないから全体がまだ「あいまい」な状況、ということだった。早くそのへんを確かめないと、気持ちの真ん中へんがざわざわして落ちつかなかった。

　宮司さん当人はときおり目にしていた。町に規模の大きな公共の建物などが落成したときとか、数年に一度ぐらいある大きな漁船の進水式などでは必ず宮司さんを見かけた。

　祭りのときはいつも馬に乗って現れたのでその雄姿が評判だった。志乃さんよりは十歳ぐらい歳上のようで、あから顔に神官のつける独特の飾り帽のようなものをかぶっているのがぼくには不思議な装束に思えた。

　いつも少し笑っているように見え、それがけっこう有名だった。

　怒っているように見えるよりは笑っているように見えたほうがいい、とぼくの母やその周りの人々は言っていた。いずれにしてもその神官は町の有名人の一人なのはたしかだった。

　すでに拡幅工事が一段落していた花見川の周辺には工事関係者も近所の人々の姿もまるでなかった。遊びにきている子供などの姿も見あたらない。

　工事中の頃の現場はあらくれていたが、いまはやるせないほど静かになっていてそれがかえって荒廃しているように見えた。

　葦が前よりも増えているようだった。葦原にはたいていヨシキリがいて何羽かがひっきりなしにチャキチャキと床屋みたいに鳴いていた。

　ところどころの葦の根元には川漁師の使っている網の切れっぱしみたいなのがからみついてい

る。

めあてのプールのようなところはぼくが学生の頃なんどか来て知っていた。全体に人が利用するのとはほど遠い陰気な風景だった。

プールの端のほうから貧弱なトロッコの線路が急角度でとびだしそのプールの中に強引に入りこんでいるように見えた。

水がたくさん溜まっているのはトロッコ鉄道の整備や管理にそれが必要だったのだろう。

線路が入りこんでいるところには汚れた水が溜まっていた。そこはもともとプールとは違う用途で使われていたはずだった。

かなりのカサになる水は全体が不気味に濁っていて、差しこんでくる太陽の光によって水面のあちこちが油膜に反射して鈍く光っていた。

以前来たとき雷魚やナマズなどがけっこういるのを見ていた。そいつらは何の予兆もなくいきなりガバッと飛び跳ね、近づいてくる人を警戒、もしくは驚かせているようだった。

その陰気なプールを跨いでいるような荒っぽいつくりの建物があり、一方の壁が崩落しているので中の様子がまる見えだった。

そこには大きな巻き上げ機らしいものが機械の怪物のようにうずくまっているのが見えた。目が慣れてくるとそれらは乱暴に放置された奇怪な鉄の異物でしかなく、生き物の気配はまるでなかった。

「わあ、廃屋ね。プールの上の家だわ。静かなのね。不思議の国の不思議な動物の住処みたい」

初めて目にするにしてはそれら全体が不気味に見えるのではないか、と気にしていたのだが志乃さんは相変わらずあっけらかんとしていた。

ぼくと志乃さんはその建物の残っている側の壁によりかかった。足もとの先はプールのようになった淀んだ水だった。そのなかからときおり薄茶色をしたあぶくが浮かびあがってきて小さく破裂していた。腐敗ガスのようだった。

隣の志乃さんを見ないようにしてすぐに問題の話を聞いた。

志乃さんはいきなりそんな話をするとは思っていなかったらしく、

「ああ。そのことならもう問題ないわ」

と、あっけなかった。横からぼくを見上げるようにして他人事のようにそう言った。

この間の電話のときとはずいぶん口調が違うのでぼくはちょっと戸惑っていた。

「本当ですか。いろいろ都合が悪いことになっているんじゃないか、と心配してました」

ぼくは質問を急いだ。その日志乃さんと顔をあわせるとき、志乃さんは深刻な気持ちになっているんじゃないのか、と思っていたのだが、それは勝手な思いこみのようだった。

「いいえね。そのことは、とくにいまはいいんです。お宮（神社）のあそこには以前からいろんな人がやってきているのだし、わたしたちがそれの当事者だとはまだはっきりしてはいないのだし。だからといってあの人に誰かに確かめる方法はなにもないんですからね」

「そんな程度ですか」

「ですからもうそんなに心配することはないんですよ」

志乃さんは不自然なくらい快活に喋っていた。

ぼくはそれを聞いた瞬間はいくらか安心したが、その話がどこまで本当なのかな、とも思った。

そう思うのと同時に、それではあのときなぜ志乃さんはあんなに深刻そうに電話してきたのか。そうして、今日はどうしてここまで来たのか、ということなどがわからなくなっていた。だから、そのようなことを聞いた。

「ふふふ」と志乃さんが少し声に出して笑っているのに気がついた。

「こうすれば早くにまた会えますからね」

バシャン、とまた雷魚らしいのが跳ねる音がした。ぼくはその瞬間、志乃さんをプールに突き落としたくなっていた。いまなら簡単にできるような気がした。そうすればいろんなわずらわしいことからすぐに逃げだせそうな気がした。

志乃さんはいまの大きな魚のジャンプにかなり驚いたらしく「わあ、怖い。わたし、いま落ちそうになったわ」

そう言っていきなりしがみついてきた。

やはりこの人はいろいろ危険な人なのだ、ということがいよいよはっきりしてきた。

どこか別の世界にいますぐ逃げだしたい、と痛烈に思った。

数日後、同じ町内にすんでいる幼なじみの高橋コロッケ君のところに行った。

コロッケ君は小学校からの親友で、常に心やさしい男だった。いつもそれをあてにして思えばわが人生、何かというと彼のところに逃げこんでいたのだった。そして迷惑ばかりかけていた。

彼を目の前にしても何を言うわけでもなかったが、彼もとくに何か聞いてくるわけでもなかった。たぶん互いに空気同士みたいな感覚があって、ぼくなどは彼と顔をあわせると気持ちがゆったりしてそれで安心しているのだった。コロッケ君はいつも親切で困ったときなどにとびきり心やさしいいいやつだった。

なぜ高橋「コロッケ君」というか。

彼の実家は肉屋さんだった。多くの肉屋さんがそうであったように、「江戸清」も揚げものを同時にやっていた。

いけば店頭からはいつもカツやフライを揚げるここちのいい音や匂いがただよっていた。子供たちにとってそのなかの代表はなんといってもコロッケだった。

その時代の小学生はいつもハラを減らしていたような気がする。だからなのだろう。コロッケ君のお母さんは学校から帰ってきたぼくたちを見るとすぐに揚げたてのコロッケを経木にくるんで「ハイヨ」といいながら手渡してくれた。まるのままの揚げたてコロッケに店のソースをかけてハフハフいいながら夢中でかぶりついた。

ときどきコッペパンにはさんだコロッケ、つまりコッペサンドを食べた。バクハツするくらいのうまさだった。だから学校でもぼくは「世界でいちばんうまい食いものは江戸清のコロッケです。コッペパンにはさんでまるかじりするのが一等おいしい!」

などと叫んでいたので、ぼくのアダナはたちまちコッペパンになっていた。

コロッケ君よりもぼくが一回り大きい体だったのでぼくたちが二人で歩いていると人間コロッケパンになっていてなんだかおかしかった。

下町ステテコ団

# タタミホジリと戦車男

その町からヨソへ逃げる、ということばかり考えていた。でも一人ではまったくココロボソイ。どこかに住むにしても一人では金が足りない。そこで一番親しい高橋コロッケ君を誘った。

「なぁ一緒に引っ越ししないか」

唐突もいいところなんだけれど本当にそう言ったのだった。

「え？　何、引っ越し？　どこへ？」

当然の質問だった。ぼくには信念というモノがないのでそれに対して力をこめた返事ができない。

「ウーン、まだどことはハッキリ決めてはいないんだけれど、駅から近くて、安い家賃で、とにかく住みやすいところにだなあ」

変わらず幼稚なことを言った。

「ふーん。じゃあこっちの希望をいえば会社にほどよく近いところだといいなあ。それによって毎日の通勤時間が短縮されればそれだけ余計に寝坊できるからなあ」コロッケ君も信じがたいぐらいノン気だった。

その頃のコロッケ君の住みたい、と願う最大のものは「酒に酔っていても酔っていなくてもすぐに帰れてたくさん寝られるところ。翌朝は会社の始業時間ギリギリまで寝ていられるところ！」のふたつだった。

たしかに小学校の頃からコロッケ君はよく寝ていた。

「人生でもっとも大切なことは貯金よりも平和よりも沢山寝ることである」

そんなコトをときどき言っていた。どうして貯金と平和が並んで出てくるのかぼくにはよくわからなかったが、

「その目的にかなう場所を探そう」

ぼくは言った。

「見つかればいいなあ」

「それはある。あるはずだ。現代の都市はいろんな希望、要望に応えられるようになっているからね」

いいかげんな不動産屋のようにしてぼくはそう言った。

同時にやはり賛同する共同合宿人をもうちょっと集めたほうがよさそうだ、とも思った。全員で四人ぐらいいれば経済的に楽だろうし、毎日の暮らしも合宿みたいで楽しそうだ。そこで沢野ひとし君に電話した。

「ん？　なにかよくわからないけれどどこかにテントを張るのかい」彼は言った。たしかに全然わかっていないのだった。

## 山の学校

しかし彼はよく山登りをしているから言っていることもわかる。まずテントだと家賃が要らな

い。しかし長期的となるとそこに借地代とか、権利金なんていう、よく理屈がわからず計算ができないものがいろいろ関係してくるような気もする。そういうのが必要ない荒野にテントを張って暮らす、というのはうまい考えかたのひとつであるような気がした。でもそれではコロッケ君が希望する睡眠充実問題が解明しない。都会ではテントは張れないからなあ。やがて沢野君はつぶやくようにして言った。

「外国の絵本だけどね『山の上の会社』っていうのがあるんだよ。みんな毎日山登りのようにして会社にやってくる。出社したときはみんなヒィハァ、ヒィハァだ」

「ヒィハァ、ヒィハァ。お早うございます。かあ」

「そうそう。そうして山のてっぺんで仕事をするんだよ」

「ふーん。会社の窓からの眺めがよさそうだなあ」

「その会社に勤めれば健康的な日々だ」

「そうだろうなあ。でも会社の帰りが寂しいだろ」

「なんで？」

「同僚とちょいとイッパイ、と思ってもまわりには赤提灯がないだろ。下山口にあるとしたら酔っぱらうと危ない」

「そうだな。遭難しないようにみんな無事に家に帰ろう」

「冬、天候が荒れたらどうすんの？」

「会社にビバーク。みんな笑って残業」

「水とかお茶なんか自由に飲めるの？」

「福利厚生がちゃんとしてるからね。でもそういうのは減ってくるとどんどん高くなる」

「いくら?」

「一杯二千円」

「高!」

「ビールより高くなっちゃうかなあ。でも、おいしいよ。空気がいいからね」

絵本の世界にはぼくのようないいかげんで怪しい人がいるんだ、ということがわかって嬉しくなった。でも山の上のテントというとコロッケ君の睡眠時間はさらに少なくなる。

ぼくは沢野君に言った。

「あのなあ。これはオレ、けっこう現実的なこととして考えてるんだよ。山の上じゃなくて町のなかのアパートかなんかでの共同生活ということを目指しているんだよ」

「ふーん。じゃそういう方向で本気で考えておくよ」沢野君はけっこうあっさりしていた。たぶん話が面倒くさくなってきたのだろう。ちっとも本気で考えてなどいないのだ。

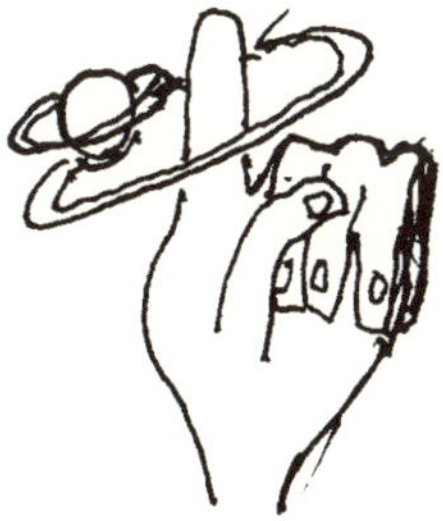

## ガイリク君の夢

凱陸君にも電話した。よく考えると凱陸君の家は江戸川区だ。千葉県と東京都の境に江戸川が流れていてその上流に「上一色町」という川べりの町がある。数度行ったことがあるが彼はそこに住んでいた。

凱陸君の家とその近所の人々はその土地でトラブルの最中にあっ

て立ち退き訴訟に揺れていると言っていた。だから状況によっては本当に引っ越しをよぎなくされる、という事態も考えられるのだろう。

「引っ越して、そこでギターやマンドリンを教える、なんてコトできるかなあ」

彼は思いがけないことを言った。ウーン。場所も家も決まっていないのだからそれはまだまるでわからなかった。

「可能性を確かめておくよ。生徒集めができればいいコトだなあ。教室かあ。いいなあ」

夢はあるけれどそれは難しいテーマだった。木村晋介君に連絡すると、いつものようにいかにも頭のよさそうな声と喋りかたでテキパキ質問してきた。

ひととおり話すと彼はさらに具体的な質問と提案をした。

「アパートの一室を共同で借りて、そこで何をするの？」

「いや、眠ったり、食ったり、飲んだり」我ながらなさけない返事しかできない。

「中野のおれの家ではアパートを経営しているんだ。大学生の下宿人がいっぱいいる。いま一部屋あいているから。お前たちがうちのアパートに来たらどうだ」

論理的にキチッとしていた。でも、それでは圧倒的に本筋と違うような気もする。当時、木村君は法律家になるために司法試験の勉強をしているさなかだった。

数日後、コロッケ君と実際の部屋の相場とか条件なんかを調べに出かけた。調べるといっても例えばコロッケ君の理想でいえば自宅と会社をつなぐ路線の中間ぐらいに安そうな部屋があるかどうか、ということの情報を得ることだった。

コロッケ君の住んでいる千葉の幕張から勤めている会社までは総武線の浅草橋駅で都電に乗り換え、それから日本橋小伝馬町にいく。時間で調べるとそのちょうど中間ぐらいが江戸川区の「小岩」だった。小岩駅である。沢野君と木村君が参加してくれたとすると彼らの家から小岩はコロッケ君と同じぐらい、直線で三十分ほどの距離だった。

初めて降りた小岩は下町そのもので、商店街にはわかりやすいお店ばかり並んでいた。八百屋、魚屋、肉屋、乾物屋、映画館、パチンコ屋、居酒屋、スーパー、銭湯などなど。コンビニはまだ世の中に登場していなかった。

その日の目的はまずは情報を集めるために「不動産屋」にいくことだった。

いかにも独身の勤め人がいっぱい住んでいそうな町で、小さな不動産屋がいっぱいあった。適当にそのうちの一軒に入った。夕刻といっていい時間だった。

「あいよオ」

愛想のいい声が聞こえた。すぐに前掛けをした親父が出てきた。フドウヤサンじゃなかった、フドウサンヤさんは前掛けが必要だったのかなあ。

コロッケ君とそんなことを囁きつつ目の前に現れた愛想のいいオヤジに、コロッケ君がテキパキと用件を告げる。彼は会社で営業を担当しているからそのへんはプロだ。

「そうねえ。ご希望にちょうどの物件がいろいろありますよ。ここらでは大体タタミ一畳千五百円って相場ですねえ。六畳間でいろいろつけて月コレね」

と言って指を一本たてた。

一万円ということらしい。六畳間に四人で住むとして一人二千五百円だ。

「さいですか。わたしたちの場合、安サラリーマンと学生が住む部屋をさがしてるので、もう少しなんとかなりませんか」

コロッケ君がいま言った「さいですか」というのは下町江戸っ子言葉で「さようですか」という意味だ。おお、コロッケ君。かっこいいぞ。実家にいるときよりずっとオトナに見える。

不動産屋の親父は「台帳」のようなものをパラパラやっていたが、やがて「おお！」と言った。

ちょっとわざとらしい気もしたがなにか凄いものを発見した声だ。

ぼくもコロッケ君も親父の顔を見る。

「いやはや、こんなのがまぎれていたとは……」

親父は一人でしきりに感心している。なんだなんだ、どうしたんだ。何がまぎれていたというのだ。

「コレ、ちょっと前に飛びこんできた物件ですね。これはエート、ニイチテンサクノゴ……」

その頃の大人が暗算するときの計算の暗号みたいなものをつぶやいている。

「えーと、ざっと計算すると、この物件はタタミ一畳千円いかないですよ。フーン。建築もまだあたらしい。コレ、何かの間違いなのかな」

オヤジは台帳をテーブルの上においてそれを読んだ。

「六畳、に一畳スペースの台所つき。便所は共同。総二階の西側。なにも問題ないすなあ。ウーン。この物件は出てきたばっかりなのかもしれないですね。いや、不動産の物件というのはね、同じ物件があちこちの店にほぼ同時に出てくるもんなんですよ。つまりこいつは市場に出たばっかりのトリアイ物件ってとこですかねえ」

## トリアイ物件

ぼくはコロッケ君と台帳を奪いあうようにして、じっと見つめた。

たしかに六畳のスペースだ。部屋の端のほうに流しと見られる図形があり、その前に細長い板敷きらしいスペースがある。

「この部屋はね、ほかの部屋と比べると出入口がひとつ多いんです。つまり六畳間に出入口がふたつあるという超デラックスウ！」

不動産屋がそんなことを言ってVサインを出してどうすんだ、と一瞬思ったがたしかに六畳間にしては贅沢だ。窓は台所と部屋の北側の二箇所にある。

「で、料金は？」

おやっさんは台帳とは別のノートをパラパラやっている。

「一般相場はタタミ一畳につき千五百円……」つぶやいている。

ほかのアレコレの経費を含めて七千円以内まで値引きできたら勝負だ。そう思った。そしてなおも頭のなかを呪文だらけにした。

「で、その部屋はイクラなんですか」

「家主さんの希望では大サービスで五千円、と言っております」

ぼくもコロッケ君もそのヒトコトで黙りこんでしまった。

二人とも返事は何も出ない。出てこない、と言ったほうがいい。

「いい物件でしょう。しかも築二年なんですよぉ」

「それ、いいすねえ」

我々の声がうわずっている。

「東京でいまいちばん安い家賃ですよ」

おやっさんの声がカン高い。

「こういう物件は言葉での説明などよりも実際に現場の物件を見たほうが誤解も少ないし、はっきり言って早いもの勝ちです」


おっさんのオンボロワゴン車で現場にむかうことにした。

ところでおっさんの言っていたことで最初から気になっていたのは「現場」とか「物件」というコトバだった。

テレビなんかで殺人なんて事件があったところなどをよく「現場」「現場」と連発している。さらに「物件」とも言っている。

「あのですね」ぼくは言った。

「はい、はい」おっさんは商売柄ぼくたちみたいな若造でも言葉づかいが丁寧だ。

「あの、これから見にいくその部屋ですがね、夜中にいきなりヘンなのが出てきたりはしないでしょうね」

「ん？　ヘンなのと言うと？」

「例えば、タタミホジリとか、ワライヤモリとか、天井なめムシとか、スソマクリなんていったようなものです」

説明したがおっさんはぼくの言ったことがよくわからなかったらしく、それについての反応はなかった。いまは運転のほうに集中していたいらしい。そのあたりの道はやたらに狭くこみいっている。空はもう全体的に暗くなってきていた。

目的の「物件」は小岩駅の北口から歩いて七、八分。こまごまとした住宅密集地の、とくにアパートが林立している路地の奥、というようなところだった。

玄関で履物を脱ぐようになっていた。下駄箱があったが土間にはいろんな履物が散乱している。整理とか掃除とかではなく注意すべきは履物を盗まれないようにすることらしい。そういうことに気をつけましょう。というコトバが小さな貼り紙にあった。盗まれるようなのを履いてい

るのがバカだ、と暗に言っているらしい。

アパートのなかは石油コンロの臭いとくみ取り便所の臭いがまざって濃厚にただよってきた。東京都区内とはいえどまだ昭和の臭いが生活のそこらにいっぱいあった。

目的の部屋の入口はそのくみ取り便所の向かい側にあった。入口のドアは小さな曇りガラスが全面にはまっている片開き式のものだが、部屋というよりは風呂の出入口のほうが似合いそうな「きゃしゃ」なつくりだった。

**ナゾの第二出入口**

端のほうに差し込みネジ式の、一時代前に使っていたような鍵があり、使いかたを書いてあるらしい小さなカミを見ながらおっさんはぎこちなくそれを黙読した。

なかはまっくらだった。入ってすぐのところに電灯のスイッチがあり、せかせかした感じでおっさんがそれを点けた。瞬間的にあたりはやさしく明るくなった。蛍光灯ではなく電球のやわらかい明るさだった。

予想していたカビのにおいはなく、むしろタタミの「い草」のにおいがほんわりしているような気がした。それはまったく意外なコトだった。

「おっ。この部屋はもしかすると、まだ誰も住んではいない……という」

ぼくはコロッケ君と顔を見合わせ、そんなことを低い声で言いあった。

「うん。そ、そうですね。もしかするとまだ使われていないかもしれない……ですね」

聞いていたらしく、いきなりおっさんが言った。不動産屋さんがそんな大事なセールスポイントを見逃していていいのか、と思ったが、そんなことよりもいまはもっと点検しておくべきことがいろいろあるはずだった。

とはいっても初めて部屋を借りようというぼくたちにはどういう点をチェックしていったらいいのかわからない。

さすがに不動産屋さんのほうはわかっていて、水道、押し入れ、袋戸棚などの物イレを点検しておくことをおしえてくれた。六畳一間だからたいしたことはない。

まッ、そんなところでしょうかね。

案内はそれでおわりだった。台所にある窓は建物のなかに向いた内窓で、そこから見えるものは例の三つ並んだくみ取り便所のドアだけだ。したがってその窓は採光の役にはたたない。

部屋のほうにあるもうひとつの窓を開けようとしたら、おっさんはちょっとあわてた感じで「あっ、その前にもうひとつのドアを見ていただかないと」などと言ってまだ見ていない方向にいった。

「贅沢な第二出入口です」

それはこの部屋の本来の出入口のドアらしかった。ラワン材かなにかの合板づくりで、こっちのほうはカギもしっかりしている。こうなると小さな一部屋にドアがいくつもあるのはむしろ邪魔なような気がした。

でも折角だから、と言ってコロッケ君がそのドアを開けた。押し開き式ではなく引き戸になっている。ところどころ軋んだがなんとか全開させた。

このアパートは玄関からまっすぐ廊下がはしり、左右に部屋が並んでいる。途中階段がありそこから二階にいけるようだった。でも人の気配はなく殆どの住民はまだ帰ってきていないようだ。

「どんなひとが住んでいるんだろうか?」

ぼくとコロッケ君は当然ながら同じ興味をもった。

## わはははの男

そのとき、廊下の奥の暗がりからなんだかチャキチャキいう、軽快というよりは安っぽい出所不明の音が聞こえてきた。キリキリカタカタいう音も聞こえてくる。

なにかの動くキカイのようだった。間もなく小さなカナモノが組み合わさって動いているらしいものがノタノタ出てきた。

おもちゃの戦車のようだった。砲塔がついておりちゃんとキャタピラが回転してカリカリ動いているのだ。

「とまれ。とまらないと大砲で撃つぞ」

そのうしろの暗がりで誰かの声がした。

「なんだ? ありゃあ」

ぼくもコロッケ君も不動産屋のおっさんもみんな静止して、カリカリいってさらに近づいてくる小さな戦車に目を奪われたままだった。

「わはははは。わはははは」

野太い笑い声がして廊下の奥から太った男が現れた。丸いメガネがヘンに光っていてそうとうに度が強そうだ。でっかいタワシのような髪の毛はバクハツしているように全体で逆立っていた。これほど「濃ユイ」顔は一度見てしまうと目が離せない。手にリモコン装置のようなものを持っているので、その小さなブリキの戦車はそいつの操縦で動いているらしいとわかってきた。

「いやあ、コレはぼくが作ったものなんですよ。いや、どうも失敬。このカツミソウにこの時間お客さんが現れるなんて滅多にないコトなんでねえ」

男はデリカシイ皆無の声と顔と体軀をしていた。

「ぼくは、このアパートの住人でね。大学生です。いや失敬、失敬」

あまり複雑なリモコン操作まではできないらしく、おもちゃの戦車はいつの間にか廊下の端のどこかにひっかかりナナメになって、カリカリと力なくカラマワリしている。罠にとらえられた大きなゴキブリのようにも見えた。

カツミソウの玄関

おっさんのクルマでまた不動産屋の事務所に戻り、我々はタイドを決めることになった。案ずるよりも早くいい「物件」にぶつかったような気がする。

「ああいう物件はなかなか出ないモンなんですよ。なにしろ東京都区内でタタミ一畳千円以下なんですからね」

おっさんはそればっかりだ。もっともおれたちがそればっかり気にしている、ということもあったのだろうけれど。

事務所に戻るとすぐにおっさんはヒソヒソ声で電話で誰かと話をしていた。口ぶりではどうも大家らしい。

そのあいだにぼくとコロッケ君もヒソヒソ話をする。

どうする？この物件、という話だ。

「さっきの戦車男は気にしないでください。悪いことはしない奴らしいです。むしろドロボウとか火災の見張りがいる、と思えばいいらしいです。いま大家さんに確認しました。あれであの戦車男、東大生で発明家らしいですよ。もっとも大学は三浪くらいしてるらしいけれど……」

アパートの家賃は何だかんだで「一カ月六千三百円」ということだった。ヘンに中途半端だけれど予想していたよりも安かった。コロッケ君と二人でワリカンにして夢を実現する、ということも可能な気がした。

# 人生はサバ缶のようなものだ

ぼくのたくらんだ、目的のよくわからない共同生活の誘いに気のいい友人らはあっけなく賛同してくれた。

沢野ひとし君、木村晋介君、凱陸君だ。ぼくとコロッケ君をいれてこれで五人。ただし凱陸君はいまのしかかっている「家の立ち退き問題」が本格化してきたら家出して実質的に参加する、ということだった。

けっこう「やるときはヤル」沢野君は、引っ越し当日、約束どおり夕刻前にパンツとタオルと洗面用具の入った袋を振りまわしながらやってきた。

合流予備員としての凱陸君は、十月にしてはいささか異様にみえる山高シャッポにいつも着ている丈のある黒いオンボロレインコートを羽織り、マンドリンを背負ってやってきた。どこから見ても怪しいたたずまいだ。

その頃はまだ世に出ていなかったかもしれないが、後にテレビの人気番組になる「ムーミン」に出てくる、さすらいの不思議なセーネン「スナフキン」の気配そのものだった。

木村君は「フーテンの寅さん」がいつも持ち歩いている「茶色い革の大きなカバン」みたいなやつをひとつぶら下げてやってきた。もっ

とも「寅さん」の映画もまだ始まっていなかった時代のハナシだけれど。

木村君の父親は貿易会社をやっているようだった。外国に行っていることが多く、その影響からか、彼はときどき怪しい英語や中国語を喋った。ぼくが覚えてしまった木村君の中国語のひとつのフレーズに「シァオシァオ、タァーミンティ、イェライフアォー」というのがある。何と言っているのかはいまだにわからないが抑揚をつけて喋ると中国語そのものになった。でもおそらく木村君にもその意味はわかっていなかったのだろう。その日も、「シァオ、シァオ」と、言いながら彼ははじめて克美荘にやってきた。父親から貰ったらしい中折れソフト帽をかぶっていて、彼もまことに怪しい風体だった。大きなトランクの中から難しそうな本がドカドカ出てきた。法律関係の本ばかりだった。

「木村君。パジャマとかパンツとかタオルとかハブラシとか、そういうものは?」

沢野君が聞いた。

「あっ、そうか。こっちにはそういうものはなかったんだっけ」

「ここは旅館じゃないからね」

沢野君は意味なくエラソーだった。

ぼくとコロッケ君はその日の昼、不動産屋がおしえてくれた古着屋でいろいろな古着のカタマリと、紐で括ってある薄い毛布を数枚買ってきていた。けっこうカサばるのでリヤカーを借りて運んだ。

みんなで暮らすことになると寝巻はともかく、最低でも寝具のようなものがいるだろうと考えたのだ。「眠る」ということが常に人生最大のテーマであるコロッケ君がそういう大事なことを指摘していたからだった。

全員の顔が揃ったことにより、本日の目標ということを少し話した。

もともとおれたちは何のために本日ここに集まったのか。その段階になっても実は誰もよくわかっていないのだった。首謀者のぼくだってちゃんとした説明はできない。

ぼくは、闇のなかの般若みたいな歳上の人妻から逃げる、という気持ちがとにかく大きかったのだけれど、そのことは誰にも相談していなかった。

話したってはたちそこそこの若造、とくにぼくのようなジャガイモみたいな奴のそんな言いぶんなど誰もまともに聞いてはくれないだろう、ということはわかっていた。

でも、呼びかけ人としては何かもっともらしいことを言って取り繕わなくてはならない。それについては説明できた。まったくの「たわごと」ではなく、そうあったらいいな、そうしていけたらいいな、というコトだったけれど、よく考えると、やはりそれも「たわごと」になるのだろう。

## 安っぽい夢

それは簡単にいうと「ここを拠点にして雑誌を作りたい」という話だった。その頃、ぼくはいろんな同人雑誌やサークル誌などにかかわっていて、それらにろくでもない小説を書いたり、小冊子づくりをしていた。そのなかで一番続いている雑誌を本格的に育てて世の中に流通させるくらいにまでしたい。ここを、そういう「夢」にみんなでむかっていくための「工房」のようなものにしたい。

安っぽい夢想家のようなそういう目標をもっていた。

（ここで、ちょっとだけ「ヨコ道」に逸れた解説を加えますと、そういう「青年の夢」はその頃から本気だった。でも実際にはこのオンボロアパートの世界ではそのような夢の簡単な土台さえ築けなかった。でもぼくはずっとその夢を追いつづけ、数十年後、友人たちと共同出資してチビながら出版会社を作り、全国で販売展開できる月刊の小冊子を発行していけたのだった。いま、こんなヨタ話を書いている『本の雑誌』がそれである。そのときにも沢野君や木村君などに実質的にたくさん応援協力してもらった）

さっきまでの話のつづきに戻ります。

木村君はぼくの話を真剣に聞いてくれたがやがて「当面の採算の手だては？」と、ヒトコト質問した。

木村君のような頭の鋭い奴にいきなり核心部分をつかれると「ああだ、こうだ」といってもはじまらない。

「なにもないんだ。いまのところはね」

ぼくはそうこたえるしかなかった。

「うーん」

木村君は言った。

「オイオイ、木村もまこっちゃんもそろそろ飲もうよ。今夜は引っ越し祝いだろう！」

沢野君が言った。

「おっ、そうだった」

「そうだろ。やることがいっぱいあるんだよ。こういうときは」

沢野君が長い手足を振りまわすようにして部屋の真ん中へんにころがっているみんなが持ってきた大小バラバラの荷物を適当に四隅によせて作った空間の真ん中で、両手をひろげていきなり「わはは」と笑った。

## 初の買い物隊

木村君とぼくによる生活用品買い物隊と、凱陸君とコロッケ君による食物買い物隊が町に出ていった。生活用品買い物隊が買ってきたものは、包丁、台所用洗剤、石鹸、油、タワシ、カンキリ、やかん、バケツ、安売り屋にあった皿十枚、茶碗六ケ、歯ブラシなど。まだ買うべきものが目についたがもう持ち切れなかった。

食品関係は、味噌、塩、醤油、ソース、ザル、キャベツ、酒一升、シャモジ、ワリバシ、タマネギ、ガンモドキ、鯖の水煮缶詰、魚肉ソーセージ、スルメ、干鱈、キュウリ、シオマメ、カリントウ。最後の二品がナゾだった。計画や予定というものがないなかでの買い物であり、店の前に立ったときに考える、というやりかただったから目と精神が混乱してしまい何をどう

買っていいんだかわからなくなってしまった――らしい。

「ま、こういうときはとりあえず必要なものを、ということでいいんだよな。いろいろ必要なものはそのつど買っていけばいいんじゃないか」

木村君がそう言ったのでその日の生活用品買い物隊の仕事はいったん終了。食物隊も同じような状態だったらしい。テーマはどちらも「できるだけ安く」というものだった。

五人のなかで比較的「料理」のココロエがあるのは部屋に残っていた沢野君ぐらいだった。彼にはすぐ上に料理好きの姉がおり、二人の妹たちも生活のなかで自然に料理の基本を教えてくれていたらしい。けれど沢野君の家族では、なんといっても彼の母親が優れていた。彼の母親はその頃服飾や料理に関する何冊かの本を書いていた。それは日頃の沢野君の何気ない話のあいまに伝わってきていて、沢野君の料理の手ぎわのよさからもそれがよくわかった。

沢野君は掃除も名人だった。掃除道具（ホウキとかチリトリとかゴミバコ）などを自分で買いにいきそれでさっさと部屋をきれいにしていた。

見ていて驚いたのは新聞紙をこまかく破って丸め、水につけて絞ったあと、タタミの上にそれらを全部ばらまいてしまった。

「コラなにすんだお前！」

ぼくは最初、そう言って怒ったのだが沢野君は動じない。まもなくそれらを回収し、

「この部屋にはこれまであまり人が住んでいないかんじだね。タタミが張り詰めている。だからこうすると濡れた紙が部屋の汚れや、世のなかの悪や汚れをみんな吸い込んでしまうのさ」などと言って平然としていた。

買い物から帰った木村君がそれ見て「わたし、ああいうヒトをお嫁さんにしたい」などと言って身悶えるしぐさをした。同級生だからできることだろう。
かたづいた場所の真ん中へんに木村君の持ってきたデカトランクを置いた。気がせくまま、買
ってきたモノでの料理が始まった。といっても台所用品としてはコロッケ君が気がついて、自宅
の台所から持ってきた鍋がひとつあるだけだった。
こうなるとあとは生活用品買い物隊が買ってきた包丁がさん然と輝いてくる。
沢野君はそんな現実にかまわず、何か作りはじめた。コロッケ君が気をきかせてダンボールを
折り畳み、これ、マナイタがわりに、と沢野君に渡した。
「野菜だけはたくさん食べないとね」
すっかり若奥さんになったつもりの沢野君がかろやかに包丁をつかおうとしているが、ダンボ
ールの上なのでサクサクとはいかずガシャゴシャガシャというような音だ。
それに刺激されてまわりにいるおれたちはみんな茶碗を手にした。買ってきた酒の一升瓶がひ
とまわりする。木村君がとても明るい顔になっていた。
お酒が好きなのだ、と嬉しいことを言う。
彼はそのころずっと司法試験にむけての勉強に打ちこんでいる日々で、その日、束の間ながら
久しぶりに解放された気持ちになっていたのだろう、と後々ぼくは思った。
しかし当時、そんなことをまるで理解していないぼくはずんずん酔っていった。とりあえずぼ
くが望んでいたようになっていったことが嬉しかったのだ。

## キャベツの葉問答

沢野君はまずスルメを焼き、切ったキャベツとタマネギをベコベコの鍋で煮ていた。柔らかくなったそれに買ってきたばかりのカツオブシ粉とショーユをかけただけの、沢野君いわく「質素ナベ」を、みんなで熱いうちにハフハフして食う。ほんとうに質素だけれどみんなで争うようにして食うとなかなかうまかった。酒がススム。やがて大胆にも鯖の缶詰が丸々一ケ、その鍋の真ん中に投入された。鯖カンはよく見ると円を描くようにして肉が入れられている。背のところと腹側のアブラ身のところを合わせて食うとうまさがぐいんと増すことに気がついた。

「栄養バランスのためにキャベツと一緒に食うんですよ」

賢い母さんのようになったままの沢野君が言う。

「ハーイ。でもこのキャベツの葉てえものにもいろいろ部位がありましてなあ。キャベツの尻のほうの葉の厚いところを敷き布団のようにして、そこに鯖肉のカケラだけをのせますな。その上をくるむようにしてキャベツの薄いほうの葉をのせます。そうしてうまく丸めて食べる。ロールキャベツのはじまりですな。でもキャベツにもいろいろありまして、固いスジのところが丸めにくい。キャベツの葉の都合を考えますともともとマルクなっていたキャベツだからたまには大きく背伸びをしたい、と思っているわけですよ。それをむりやりふたたび丸めるというんだからキャベツとしてもどうもこの……もともとキャベツが……」

「ちょっとちょっと待てよ木村君。あんたさっきからキャベツ、キャベツとしきりに言っているけれどキャベツの薄い葉だけひっぱりだしてそれでサバ肉をくるんでサバばっかり食べてるんじゃないのかい？」

「わはは。バレましたか」

火をつかわずに食える魚肉ソーセージも小さく切って洋ガラシをつけて食うと酒によくあった。しかしなんといっても鯖の缶詰が圧倒的にうまい。

「人生、ここまで生きてきてよかった」とみんなでうなずきあう。いま思えばはたちそこらのガキが言っているんだからサバもなさけないだろうが、まあしょうがない。

「これからはサバカンですよ」

沢野君が意味なく、力強く、そう言う。

そしてみんなも意味なく、力強くうなずく。「そうだ！　おれたちこれからはサバカンだけが人生だ！」

まだ夕刻をとおりすぎたぐらいの時間なのにもう一升瓶のソコが見えてきた。まだ自動販売機というものがない時代だった。

「こりゃあ、早いうちにサケを補充しておかないとやがてアセルことになりそうだね」

みんなの意見が一致してコロッケ君が追加の酒を買いにいくことになった。コロッケ君はそんなに酒は強いほうではなかったけれど何にしてもめっぽうツキアイのいいやつだった。共同出資というかたちでこのアパートの経費のあれこれをまかなっていく、ということになっていたから、金銭的に最初からあまりハメははずせない。そのためにも追加の一升瓶はまずい、という正しい意見が出ていた。

「ぼくはサラリーマンなので小遣いの自由がきくから」

と、コロッケ君は言い、引っ越し祝いのために今日はそのお金まかせてもらうよ、とカッコいいことを言うのだった。しかも自分で買いにいくというわけだ。みんな拍手。

「ワアー。では、このへんでひとつコロッケ君を応援する歌といきましょう！」

木村君が言った。そうしてすぐに歌いはじめた。

お酒のむなあー酒のむなあー
のォーご意見なれどォー（サのヨイヨイ）
酒のーみゃあサケ飲まずにぃー
いられるもんですかあ
（トコ、ねえちゃん、サケもってこい）
みんなのかけ声と手拍子が入ってきたから当然大

さわぎになる。

宴はじゃんじゃん盛り上がり、まもなく凱陸君によるマンドリンの弾きがたりがはじまった。

凱陸君独特の低く力強く身悶えするような低音による「赤いサラファン」だ。

赤いサラファン　縫うてみても
楽しいあの日は帰りゃせぬ
たとえ若い娘じゃとて
なんでその日が長かろう
燃えるようなそのほほも
今にごらんよ色あせる
その時きっと思いあたる
笑うたりしないで母さんの
言っとく言葉をよくお聞き
とはいえサラファン　縫うていると
おまえと一緒に若がえる

「イヨォおんな殺しい！」

さっきの木村君の「トコトンヤレ節」とはずいぶん違う雰囲気になっていった。

次に木村君が歌ったのはひときわカン高い声になっての大正時代の恋愛歌というものだった。

「なあにがなんだかあ、わっからないのよォ。日暮れになると、涙が出るのヨウ……」

不思議な歌だったけれど木村君はとにかくうまい。

まもなくコロッケ君が酒一升瓶を買って帰ってきた。

「ではコロッケ君を讃えましょう。次にコロッケ君が歌います」

木村君が両手をひろげいきなり司会になってそう言い、コロッケ君もなにがなんだかわからなくなっているようだがしっかり歌った。

ヤマザキーのォ
街道トボトボ、よいちべええ
あとからつけゆくサダクロウ
提灯バッサリ真っ暗くらけえのけえ

コロッケ君はかろやかに歌でこたえ、座はさらに明るく陽気になり、酒はずんずん進んだ。翌日は日曜日だったからみんな気が緩んでいる。たいした荷物もない引っ越しだったけれど、とにかくめでたいのだった。

**夜があけない部屋**

克美荘の部屋の中におけるおれたちの最初の宴会はそんなふうにしてエネルギー全開のまま夜

もふけていった。誰からへたばっていったのか、誰と誰が最後まで飲んでいたのかわからなかったが、やがておれたちは全員、死屍累々として次の日の朝を迎えていた。

喉が渇いて水を飲みにいくときとトイレに行くためぐらいの用でそれぞれ瞬間的に起きたが、すぐに毛布にくるまって眠る。みんなずいぶんとことんまで眠った。嬉しいことにいくら眠ってもなかなか夜があけないのでさらに眠れるのだった。

やがて、部屋の外から誰かの「あああ！」という低く叫ぶような声がして何人かが起きた。もう、寝疲れた、という感じだった。

低い声で叫んでいたのは凱陸君だった。

「おい。みんな。起きろ、起きろ。世のなかはもうとうに夜があけているぞ。まだ暗い夜なのはおれたちの部屋だけだあ」

最初は何を言っているのかよくわからなかったがみんな起きてきてウロウロし、凱陸君の言っている意味を理解していった。

本当に克美荘の玄関のむこうは太陽の光がさす明るい昼になっているのだった。

何がどうだったのか、やがてわかってきた。我々の部屋には自然光がまったく入ってこない、というコトだった。部屋は北、西に位置している。北側に窓があったが、隣の総二階だてのアパートがその窓から三十センチぐらいのところにまで近接しているので太陽の光がまるで入ってこないのだった。

台所にある小さな西の窓はアパート内の便所にむいているからそこからも光は入ってこない。これではまともな人は入居しないだろう。その部屋がまだまったく使われていないようだ、という印象はホントウにそうだったのだ。

おれたちは不動産屋にかるく騙されていた、ということに気がついた。昼にこの「物件」を見にこなかったことが失敗だった。でも、いまさらどうしようもない。

「まあ、いいじゃん」と、沢野君。

「空気はあるもんなあ」と、木村君。

「よく寝られるからいいよ」と、コロッケ君。

おれたちは全員バカだったので、まあそんなふうに平和におさまっていったのだった。

# 木村君、警官と対決する

ぼくたちの怪しく不思議な共同生活のなかで唯一規則ただしい生活をしていたのはコロッケ君であった。かれは日本橋小伝馬町の伸銅品会社に勤めていたから我々のアパートではいちばん早く起きる。

顔を洗って靴をはいて走って駅にいって電車に乗るまで十五分。総武線で浅草橋まで十五分。そこから路面電車（チンチン電車）に乗りかえて約十分で会社だ。

路面電車は道路の混雑状況によってしばらく来ないときもあれば二〜三輌つらなってくるときもある。以前、自宅からその会社に通勤していたときに比べると半分の時間で済んでしまう、とコロッケ君は喜んでいた。

その一方、克美荘でまだクーカークーカーいって寝ているのはぼくと木村君と沢野君のほかに不定期ながら凱陸君だ。

それぞれ起きる時間はマチマチで、その日の行動はみんなちがっていた。日によって何も予定がないのもいた。朝食時間というのはないけれどなにか食いたい人はそれぞれゆうべの残り物などを食い、二日酔いでその能力のない奴はもう一度寝たりする。

でも七時〜八時ぐらいになるとアパート中にいろんな生活音がして、世の中が動きだしている

のが伝わってくる。我々の部屋は、朝は光から、ではなく「音」でやってくるのだった。

我々の部屋の向かいに便所が三つ並んでいてそのすぐ上に二階の便所がやはり三つ並んでいた。

朽ちていく東京の遺物「くみ取り便所」だ。

一階の便所でやっているとき二階の便所に誰か入ってきて始まるとその落下音が脅迫的だった。二階から垂直に落ちてくるもんだから加速度がついてドスドスと迫力がある。怪獣がやっているのか、と思うくらいだった。一階と二階で同時に入った場合、一階のヒトの劣等感がすごい。

便はヒトの上に便を作っているのだった。

凱陸君は歩いていける実家に朝飯を食いにいったん帰ったりする。木村君は近くに流れている中川放水路あたりまで朝の散歩にいったあと、自分が持ってきた大きな革のトランクを机がわりにしていきなり法律の勉強を始めたりする。沢野君はギターの練習を十五分ぐらいやってから「じゃあね」などとどこかに行ってしまう。

みんな基本的には自由なのでそんなふうになっていくのだった。

生活にかかる費用はそれぞれ出しあう。なんらかのカネが手に入った人はそのとき払えるカネを払い、ないやつはやがて手に入ったら払う、という原始共産社会のようなものになっていた。

部屋の鴨居の横板の内側が空いているのを発見したのでその窪みにお金を入れ、みんなの共同財布にした。つまり隠し財布を持っている部屋になったのだ。

部屋にはカギはかけない。ドロボウが入ってきてもその壁ぎわの財布を発見されないかぎりカネメのものは何もなかったからだ。木村君がノートを破ってその一枚にサラサラッと書いた。
「ドロボウ君に告ぐ。せっかくきてくれたのだが
ここには何もない。だから何か置いていきたまえ」
部屋の壁にそれをピンでとめ、みんなで眺めて安心した。

そんなある日、おれたちの部屋に初の来客があった。いや、まだ来客とはいえない。いまんとこ「戸をたたく人」でいいか。便所方向にある我々の部屋の第二のドアのガラス戸がノックされ、あけると太った若い男が立っていたという。

ヤマアラシみたいなトゲトゲの髪の毛。顔の下半分が不精髭だらけのデブだった。

応じたのはその日ずっとひとりで勉強していた木村君だった。木村君はそいつを見てああ、このヒトは同じアパートに住んでいる浪人のヒマ人だな、とすぐにわかったらしい。

ぼくとコロッケ君が不動産屋と一緒に克美荘に最初にきたときに出会ったそいつのコトを話しておいたから木村君はすぐにわかったらしい。

「あの、えーとぼくはこのアパートに住むアダチ君と申します。あっ、自分に君をつけるのはおかしいですね」男は開口そう言った。

「いや、いいんですよ。ぼくはキムラ君です」

「あは。あは。どうぞよろしく。あなたはぼくと同じ学生さんですね。何の勉強をしてるんですか？」

「法律です」

「司法試験ですか」

「ええ。まあ」

「あは、あは。ステキな偶然ですねえ。ぼくも同じです。浪人三年になります。あは、あは」

「あは、あは」

木村君もそのおかしくもない笑いにつきあった。

「エート、それであなたは近頃お仲間とここに越してきたばかりですね。二階に住んでいる福島からやってきたムトウさんから聞きました。ムトウさん一家はいい人たちです。カボチャとか干し柿を貰っちゃいました。麹味噌もね。これがうまい。あは、あは、あは。ドーゾよろしく」

「それはいいですね。どうぞ、よろしく」

「二階のムトウさんのところに挨拶にいくとあなたにもいろいろくれますよ。あはあは。あははは。このあいだはみなさん、宴会をしてましたね、いつかぼくもご一緒に」

「ええ。ぜひ。いろいろ話しましょう」

「そうですね。ぜひやりましょう。あはあは、あはは」

このようにアダチ君は最初から最後まできわめて強引に友好的だったらしい。

夕刻になるとその時いるみんなで出かけることが多かった。町の様子をみんなで研究しようというわけだ。

小岩の町はザックバランな下町そのもので、生活につながるあらゆる品物が揃っていた。木村君が「やややっこれを、見よ」と言って指したのは「東京で一番安いカツドン」という手書きの看板だった。値段は九十五円である。それを見て「ここはいい町だなあ」と言ってみんなで笑って顔を見合わせた。

小岩銀座は狭い通りなのに両側にはいろんな立て看板、宣伝幟、誰も座っていないテーブルや椅子なんかが並んでいた。道路は半分ぐらいの幅になっている。

そこをごく普通にクルマや自転車などが行きかっている。貸しレコード屋（その頃、そういう店があった）の店先からは流行りの歌謡曲が、パチンコ屋からはチンジャラの音と軍艦マーチ、電器屋が人気のテレビ番組の音楽などを路上にぶっ放していた。

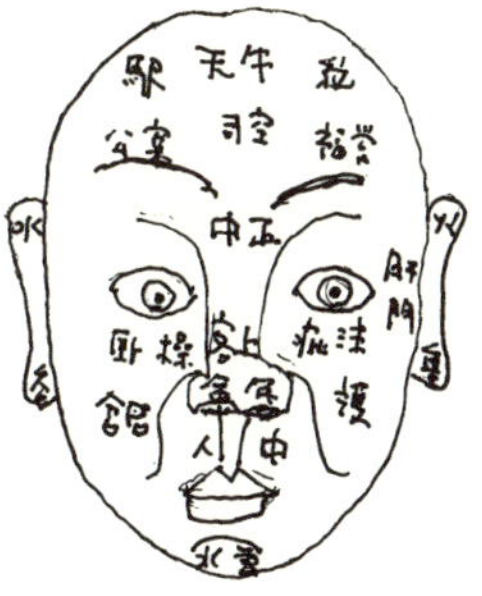

通行人が右や左にドカドカ、ノラ犬はノラ犬の用事でウロウロ。その先のちょっと引っ込んだ建物は映画館で、絵看板が目立っていた。おお、これは凱陸君から聞いていた「小岩銀映」だ。西部劇の俳優がでっかい顔をしてどこを見ているのかわからない絵看板。

その先にギョッとするような異形の顔が風に揺れている。手相、顔相、運命鑑定、と書いた布看板だ。その先に「五十番」というラーメン屋があった。カウンターだけの店らしい。いつか行かねばならない運命を感じる店だ。

駅北口の近くに「浅草バー」という店があるらしい。店の名だけを聞くと我々には絶対行けないところだが、引き込まれるように近くまで行ってみると店の正面に紅白まだらの提灯が並べられ、そこに店名が一字ずつわけて書いてあった。盆踊りのヤグラを見ているようだった。「ビール大瓶一〇五円」が輝いている。それは当時酒屋で売っている大瓶ビールの店頭販売価だった。

「決まったな」

木村君が嬉しそうに言った。


その「浅草バー」に入った。壁にざっと百種類ぐらいのメニューが並んでいる。ヤキトリとモツの煮込みを注文。ぼくは克美荘に素早く戻って凱陸君、コロッケ君に我々の居場所の地図と「すぐ来い」という伝言をそえた。同時に部屋の財布から少しその日の予算を持って出た。

あらたなビールを頼み、焼きアブラアゲとスルメを注文した。ビールはやはり高くつくのでやがて焼酎にした。ギンナンとウエモカツというのを頼んだ。クジラのカツだという。うまそうだ。

みんなが集まってくるのを待ってさらに飲み続けていたら随分遅い時間になってしまった。遅れてやってきた二人は「すげえ空腹だあ」などと倒れそうになっているのでビールの前にまずはドンブリめしにブタ汁をぶっかけたのをすすめた。

これからも時々こういうところで飲めるように無駄遣いせず、むしろお金を貯めよう、という話になった。

「この町はあちこちにゴミのような鉄クズが落ちているぞ。クズ屋さんに持っていったらけっこういい値で売れるかもしれない」

まだ、戦後のドサクサ感覚が残っている時代だった。中川放水路あたりにいくと確かに錆びた自転車などが土手にころがっているのをよく見た。「ああいうのを拾ってきてクズ鉄屋なんかに持っていったら買ってくれるんじゃないかな」と凱陸君。

「捨ててあるような自転車はちょっと歩けば軽く五、六台は見つかるんじゃないの」

「だけどそれらの中には盗まれたものもけっこうあると思うんだ。だからそれを拾って持っていってドロボウにされてしまうとコトは面倒だよ。お前が盗んだんだろーって言われたらそれまでだしな」

木村君が言った。さすが法律をやっている人の意見だ。

「あんなボコボコのを盗まないよ」

「それは盗む前と捨てるときの感覚の違いだろ。警察はそこにおきた事実だけを問題にするからな」

「ふーん」

「このあいだこの近くで電線のタバを持っていってタイホされたヒトがいるらしい」

「そーか。警察には注意しよう。ちっちゃな金かせぎで面倒くさいことにまきこまれるのはいやだしなあ」

話は転々とし、気がつくと十一時の閉店時間になっていた。

帰り道はなにかと誘惑の多い小岩銀座通りではなく幹線道路を行こう、ということになった。

幹線道路はクルマのほうが断然多いがアメリカみたいにクルマ客相手らしい店などもあってけっこう今後の参考になるようだった。しばらく歩いていくとYの字になった大きな分岐路があって、その真ん中へんに誰かが突っ立っていた。

「誰だろう。怪しいやつだな」

「あれは警官だ」

おれたちは小さく囁きあう。

「パトロールかな？」

「でもずっと動かないぞ」

「あ、あれは人形だよ。おまわり人形」

「けけけ」

それは日本にしかない風景だった。ひたすら直立しているその警官人形の前に木村君が行っておじぎした。

「どうも、遅くまであれこれご苦労さまです」

おまわりさんは応えない、というか動かない。あたりまえか。顔はキマジメなままだ。くちびるが太い。道いくクルマのライトにときどき輝いている。

「けれどもですよ。あなたてえヒトは全体の姿勢というものがあまりにもキチンとしすぎているんじゃあないんですか！　まず背中をまっすぐにしすぎですね。ながいことそうやっていると体全体があれこれでへます（デタラメ）でしょ。えっ、そういうキマリなんですって？　でもああたね、も少し自分をイタワルってぇことも考えないと。ずっとそういう姿勢をとっていると精神

にもよくないんじゃあないんですか」

　木村君の余計なお説教は続いた。

「だあらね。たまにはそこらに腰かけるとかしないとね、ああたの故郷のオフクロさんだってそこんところを心配しているはずなんですよ。そんなんじゃあ目の前に自転車ドロボウが行ったとしても、すぐに走って追いかけられないでしょう。そのへんのところも少し考えておかないとね。そやって黙っていちゃあわからないでしょう。ああたにも自分の意見というものがあるんでしょっ！」

「だけどああたはいつまでそやって直立してるんですか。たぶんあと三年ぐらい！ですか。直立したまま三年ですか。そんなのああた、人間扱いされてないってコトじゃないですか。え？　もともと人間じゃない？　いいやそんなヤケになっちゃあいけませんよ。ああたの国のオフクロさんだってそこんところいちばん心配してるんですよっ！」

　木村君のたびかさなる余計なお説教にもおまわりさんはまったく動ぜず、ずっとまっすぐ背筋をのばし、正しい目をして遠くを見ているのだった。

# 愛と逆上のヒハヒハ鍋

## 扱い注意な来客たち

落ち葉と秋の気配がチラホラという頃にとびきりヒマな友人が訪ねてきた。ぼくと沢野君と凱陸君と同じ高校の同級生、中林君だ。

ヌボーっとした大きなやつで剣道をやっていた。体は大きいが動きが鈍いので剣道で練習相手と向かいあうと、すぐに「メーン！」などいう掛け声とともに脳天を一本叩かれてしまう。まったく話にならない差だった。それでもやめなかったのは中林はアタマを叩かれるのが好きなんだよ。そのつど「ハッ」とするからな。などとムチャクチャなことを言われていた。

ヒトなつっこい——というかむしろ図々しいといったほうがいい奴だった。高校時代からいきなりいろんな友人のところに顔をだすので有名だった。さしたる用事はない。なにか面白い話をする、というわけでもない。とにかく体が大きいので理不尽ながらそれでまかりとおってしまう、というかんじだった。

二年前、ぼくが交通事故で四十日間入院していて、ようやく自宅療養となったときにも突然ぼくの家にやってきた。

お見舞いというわけでもなく、ただなんとなく来た、と言っていた。

ぼくのオンボロ小屋（ぼくの叔父さんが母屋続きに作ってくれた二・五畳の部屋）に入ると「あっ面白そうな本だなあ。これ貸してくれや、あっ、これも、これも」などと言いながら自分のバッグにぼくの本をぼんぼん入れていた。

友達に本を貸すと絶対戻ってこない、と言われていたが、彼のその本の物色のしかたは自分のバッグに入れるたびに「コレもうおれのもの」というかんじだった。そうやって二十冊ぐらいの本をバッグにしまうとなんとなく帰っていった。

その中林君が克美荘のおれたちのアジトにやってきたのだ。とりあえず用心はしたが克美荘には木村君の法律の本しかない。もしそれに手をつけたら絶対許さないぞ、と思った。

まだ季節にはちょっと早いようなヨレヨレのレインコートを着ていた。あちこち汚れがへばりついているようだ。私立のマンモス大学に行っていたが、もともとの志望は芸大だった。

彼はその長いコートの内側にむりやりくるむようにしてなにやら大きなものを隠し持ってきた。

「これなあ、プレゼント」

中林君はモゴモゴいきなり言った。それは中林君の体の前面でピッカピッカと規則的に点滅している怪しい物体だった。道路工事のときなどに注意を促すために路上でよく点滅している警告ランプだ。

中林君はここに来る途中でそいつを見つけ、このアパートに来るときのミツギモノとして持ってきたらしい。

「こんな、わけのわかんないもの持ってくんなよ。ここで欲しいものは食いものだ」

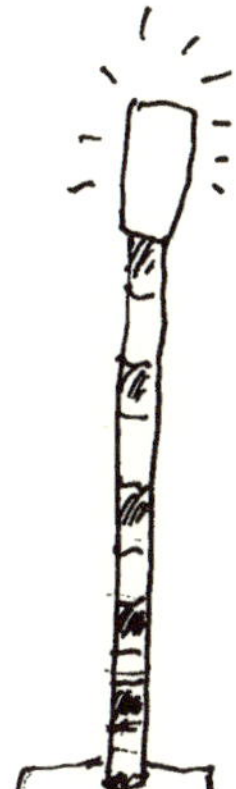

そのとき部屋にいたぼくと沢野君はそう言った。

「夜には役にたつよ」

「どんな役に？」

「防犯灯」

処置に困り、部屋の隅に立てておいた。そいつはそこでも律儀にピッカ、ピッカやっている。中林はたいした話もせずにそのまましばらくいた。着てきたヨレヨレのレインコートは部屋に入ってからもずっと着たままだった。「コート好きなんだね？」

沢野君が言った。

「うん、実はこれから芸大のあたりまで行ってみようと思ってんだ。このコート着てると食いつめた貧しい芸術学生みたいに見えるだろう。きっとモテルと思うんだ」

中林君はそう言ってのっしのっしと街に出ていった。こういうわけのわからない友人の来訪も困る。

その日の夕方は木村君と沢野君の顔があった。コロッケ君は友人と会って、たぶん夕飯はソトで喰ってくる、と言っていたので三人で小岩銀座にむかった。三人、手があいているときに備蓄食料を買い込んでおこう、という木村君の発案だった。

「スーパーマーケットに行くと何かの安売りをしていると思うんだ。おれたちまだそこまでチェックしていなかったからな」

小岩銀座通りに入る前のいくらか広い通りに面して「スーパーダイエー」があった。あの有名なダイエーの初期の頃の端末店なのだと思う。

「ワゴンの安売りセールをやっているよ。ああいうのがいいんだよな」

ワゴンのひとつは、トイレットペーパーだった。でも我々の原始ボットン便所にはどうもロールペーパーなどというのはなじまない。

「やっぱり灰色ゴワゴワザラザラした再生紙がいちばんだろ。それが流儀というモンだ」

「ケツが痛くなるけれどなあ」

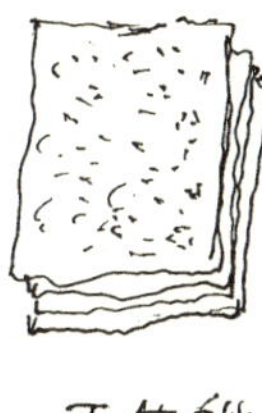


ほかに「お徳用即席麵包み売り」というのがあった。有名メーカーのものではないのでとても安い。「缶詰各種ハカリ売り」というのにも食指が動いた。でもそれは沢野君がめずらしく反対した。理由はわからない。彼には彼の考えがあったのだろう。

三人で大きな袋を手分けしてもち、銀座通りにむかった。

前に目をつけていた「東京一安いカツドン」の店に行くことにしたのだ。九十五円。

入ってみると店のなかに窓はなく、まわりはヨシズで囲んであった。客席は細長い馬蹄形でその一番奥にごく簡単な厨房があり、割烹着をつけたおかあさんみたいな太ったおばさんがいた。

客席は八人ぐらいでいっぱいのようだった。

## ひとつのおうち

おばさんは「好きな席にどうぞ」とごく親しげに言うのでぼくたちは厨房の前のほうに座った。木村君の言うことには「正しいカツドンの作りかたを学んでおこう」ということだったのだ。

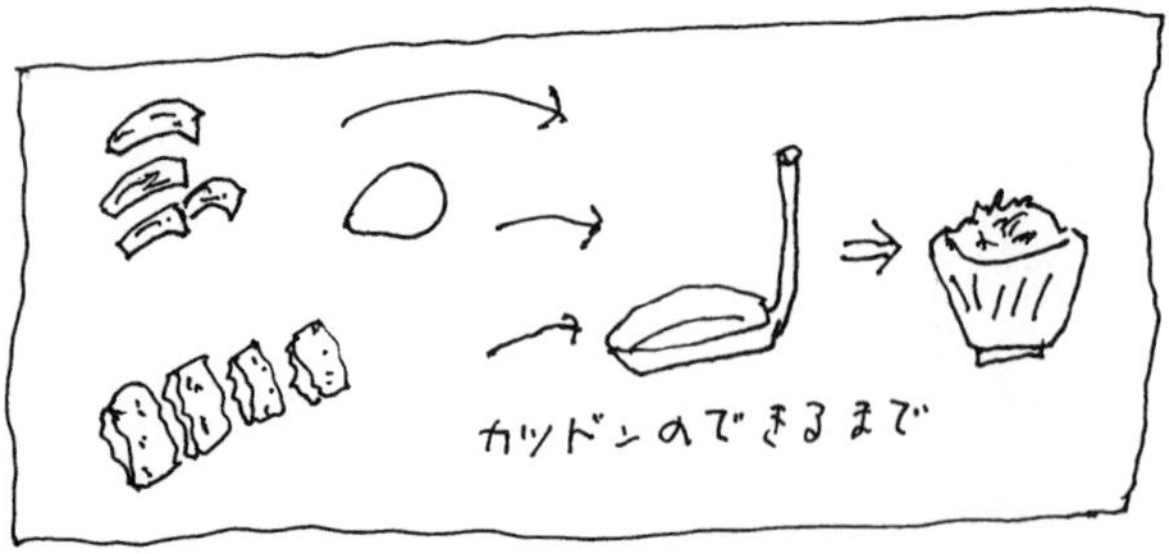

薄いお皿のようなフライパンに小さな取っ手が垂直についており、そこにタマネギ、トンカツ、タレなどをいれて火にかける。まもなくきっぱり素早く溶き卵が投入されドンブリご飯の上にそれらをすらりと乗せて出来あがり。うっとりするくらい手ぎわがよかった。

おれたち三人は「パチパチパチ」と思わず拍手してしまった。おばさんは驚いたようだったが、すぐに冗談の拍手喝采と理解したようだった。でもとても嬉しそうだった。

そのカツ丼専門店を出ると、沢野君はその日の財布係りのぼくに二百円もらい「それじゃあぼくは出稼ぎに行ってくるかんな」

と一人でずんずんその道の先に行った。

「パチンコだ。奴はうまいんだよ。早打ちマックと言ってな」

木村君が言った。

まだ沢野君の背中に声がとどきそうなので「おーい。サーノ。サバカンだぞう」ぼくたちは言った。沢野君は後ろむきのまま手を振った。西部劇なら荒野のバッファロー狩り、といったところでカッコいいのだった。奴がさっきいろいろカンヅメ売りをためらった理由がわかった。

予定よりも早くその日の六時頃にコロッケ君が帰宅した。めずらしく友人を連れている。高校時代の友人で斉藤君だという。

二人は当時誕生していた優秀な公立電子工業専門学校の出身だった。その専門分野でも一番難しいと言われている「電子科」を出ていた。その分野は当時日本が官民あげて成長させようとしている将来有望な分野だった。

斉藤君は引く手あまただった企業にはむかわず勉強しながら個人で特注された電子器具を作ってそれを個別に納品する、という仕事をしている。勇気あるベンチャービジネスに挑戦しているのだ。

といっても実態は一人で部屋に閉じこもって注文された品物を地道に作っていく、という日々らしかった。部品購入や製品納品などのため神田にしばしば行くので房総にある自宅は不便という。コロッケ君が彼を連れてきたのは、彼のその小さな仕事の場を克美荘のヒトスミに提供できないか、ということだった。

メンバーが一人増える、ということは、克美荘にとって嬉しい話だった。家賃の足しになるし、食事などもさらに楽しくなる。

そんな話をしているときに稼ぎに行っていた沢野君が戻ってきた。カミブクロからドサドサと二十個ほどのサバカンをだして「どうだ」という顔をした。斉藤君が驚いている。

「このヒトはねえ、デンキのサイトウ君だ。ここに住むことになった。コロッケ君の友達だよ」

木村君はもう呼び名をつけている。

「コンチワ。居候します。よろしく」

もう仕事を通じて世の中に出てきているからか同年齢としては如才ない挨拶だった。コロッケ君が駅から帰るときに買ってきたらしいビールが出てきた。

「じゃ、まあ、新入りのサイトー君に乾杯！」木村君の采配はきもちがいい。ビールのみながらしばらくサイトー君の仕事の内容とか我々のことなどの話をした。

沢野君が自分でとってきたサバの缶詰をキコキコいってあけている。

コロッケ君がこの部屋のごくごく簡単なキマリのようなことを話した。とはいえ実はあまり話しておくことはない。

「顔ぶれの揃い具合でみんなで何か作ってめしになるんだ。そういうときはすぐ宴会になるけれど、今日みたいにみんなソトに食いにいくこともある。自分の弁当を買って帰って一人で食うのも自由」

「邪魔する奴もいるけどな」

「むははは」

そんなところにドアのむこうから「ごめんくださーイ」という声がした。女性の声だ。

一同、やや緊張し、いずまいをただす。誰が何の用で来たのか見当がつかなかった。いちばん近くにいたコロッケ君がガラス戸のドアをあけた。眼鏡をかけた見知らぬおばさんがいた。

「あら、おくつろぎのところすいませんねえ。わたくし六軒島町内会のモノですの。こんな時間にごめんなさい。なかなか昼間、来られないものですから」

「ああ。はい。どのようなコトで」

「町内会のキマリで、町内会費をいただかなければなりませんのよ」

おばさんはそう言って部屋の中を見回した。「おたくさまはひとつのご家族なんでしょうか。それだと会費はヒトツでいいんですが複数のヒトがお住まいですとそれぞれの会費をいただくようになるんですのよ」

「ええと。当方はひとつのおうちなんですよ」

木村君の反応は速い。

「まあ、さようですか。おにぎやかでいいですわねえ。町内会の名簿に加えないといけないですねえ。家族構成をおしえていただけますか。高橋さんのお宅ですよね」

不動産屋がその名で申し込んでくれたのだな、とわかった。

「みなさん一軒のご家族なんですよね」

「ええ。私は父親の晋介です。で、ここに座ってるのが長男の誠です。隣で缶詰あけてるのが、次男のヒトシで、その前にいるのが、えーとなんだっけ」

「イサオ」

「そう、三男のイサオ。そこにいるのがイサオの友達でサイトウ君」

「まあ、賑やかなことざますね。で、奥様は今日は外出ですか」

「あっうちのはずっと出稼ぎに行ってまして。東北です」

「まあ、そうざますか」

「ええ、そうざます」

町内会のおばさんはヒトのいい笑い顔で出ていった。

「ひえ。いいのかよ。たぶん明日にはこのあたりの噂になってるぞ」

町内会のおばさんが来ていたときも中林君の持ってきた点滅ランプが部屋の隅で元気よくピッカ、ピッカとやっていたのだった。それが目に入らないわけはなかった。さあ、どうなるのか。みんなピッカ、ピッカのことなんか知らないよ、という顔をしていた。

# 連続的反復的必殺おまえおまえ語法

克美荘の顔ぶれはその日によってさまざまだったが、デンキのサイトウ君がメンバーに加わったことによって必ず誰か部屋にいる、という「安心な家庭」になった。もっとも誰かいる、といっても昼夜定住しているのはサイトウ君だけだったのだけれど。

サイトウ君は真空管やコンデンサー、バリコン、オウムなどという精密電子機械部品を沢山扱い、我々にはさっぱりわからない複雑な装置を作っている。いつも部屋の片隅にそれらをひろげて仕事場にしていた。完成すると発注者に納品して契約金額で売り、帰りにアキハバラの電子機器街に寄って次に手がける電子製品の部品を仕入れてくる、という堅実で賢い生活をおくっているのだった。

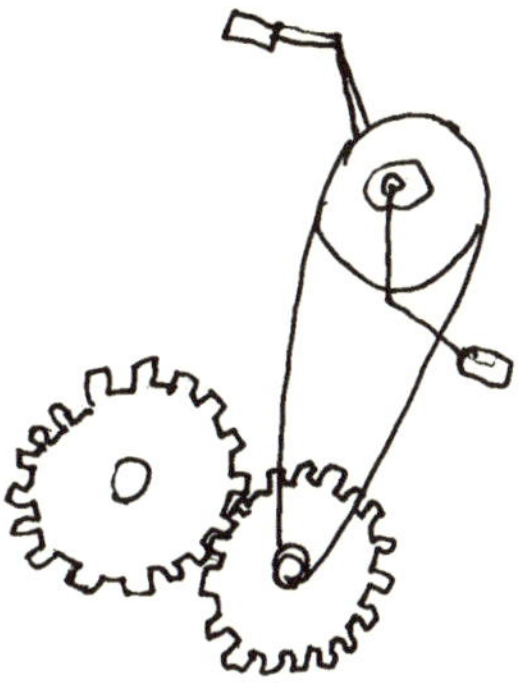

克美荘で外界からの「あかり」(陽光ではなく単なる外の光)が入ってくるのは北西側の窓下一カ所だけで、それは隣のアパートの壁から反射してくる光だった。「ホタルの光、窓の雪」というが、我々の場合はそこに「壁の反射」というのが加わるのだった。

でもそこはこれまで木村君が学校に行かないときに法律の専門書を積み重ねて勉強する場所でもあった。しかし木村君は驚くべき人格者だったのでサイトウ君と場所のとりあいになる、などというコトはまったくなく、互いに気持ちよく場所のゆずりあいをしていた。

同年齢の青年ながら、一方の青年は電気電子部門の「複雑装置」をつくり出している。ある時期にサイトウ君の作っているものを聞いたが「特定周波数の弱電信号確保蓄積を目的にした迎受方向安定装置」みたいなものです、などと笑いながら言っていた。聞いてもおれたちには何もわからないのだからそういう装置を作りつつ笑いながら説明されても困る。

「ははあ、そうでしたかあ。いやはやそりゃああもうたいしたもんですなあ」などと言いつつ扇子でパタパタ自分の襟元なんかに風を送りこみながら木村君のほうににじりよっていき「先生は本日はどちら方面の法律にむかっておりますか」などと聞くことになる。

「選択規制法にある宅地改正租借法のごく平易な簡易借地判例をちょいとねえ」

「いや、もうそれはそれはお疲れさまなことで」

などといって素早く去ることになる。

で、まあその日おきたのは、二人が克美荘の部屋の片隅でそれぞれ専門の問題に取り組んでいる最中のコトらしい。

「どうも近くで誰かが誰かをしつこく口説いているような声がするんですよ。それがずっとしつこく続いている。ラジオとかテレビのメロドラマではなくてそれはあきらかに肉声の、ニンゲンのものだ。こんな昼間っから誰が誰になにを口説いているのかわからないんだけれ

ど、そいつがとにかくしつこいんですよ。本当にしつこいんだ。なあ、サイトウ君」

木村君はぼくたちにそう訴え、サイトウ君が大きくうなずいていた。

「そうなんです。そのヒトずっと口説いてますねえ。声は大きくなったり小さくなったりしているのでなにを口説いているのか詳しい内容はよくわからないのですが「しつこさ」といったらたしかに木村さんの言うとおりで……」

「どのあたりから聞こえてくるの？」

木村君は我々の部屋の北側に位置する部屋に顔をむけた。そこはずっと空き部屋だったところだ。我々の部屋とほぼ同じ条件だからそこへも隣の二階建てのアパートがこっちの建物の窓の直前まで迫ってきている。その隙間は二十センチもないから陽のあたりはほとんどなく、毒キノコでも生えていそうな陰湿な気配だった。ユーレイも好みそうだ。

わが部屋の窓をあけて隣の部屋のその窓のあたりの様子を見た。これまであまり窓をあけて子細に眺める、ということはしなかったから気がつかなかったのだけれど、無人だとばかり思っていたその部屋にはいつのまにかヒトが住んでいたようで、窓の下にカラのビール瓶が何本もゴロゴロ積み重なっている。

どうやらその部屋の住人はビールを飲むとアキビンをそのまま窓の下に投げ捨ててしまっているらしい。そのときまったくタイミングよく、実際の親父のカエル声が聞こえてきた。酔っているようなだらしのない喋りかただ。

「おまえ、おまえ、おまえ、おまえ」

連続してそう言っている。

我々三人は顔を見合わせた。

木村君はその一発で強烈な影響を受けたようで、すぐにいま喋った隣の親父みたいな連続反復語法になって静かに反応していた。

「あれだ、あれだ、あれだ」

隣の親父がまたもや言う。

「おまえ、おまえ、おまえ」

「なんだ、なんだ、なんだ」

これは木村君の嬉しそうな小さな声。

「早く、早く、早く」

隣の部屋の男は快調に喋りだしている。

そのヒトのそばに誰かいて、そのヒトにむかってそのつどなにか応えているらしい。声の具合からいって中年親父声が連続して呼びかけている相手はどうやら奥さんらしい。親父はさらに言った。

「お前、お前、どうした、どうした」

木村君の民謡過激神経がとたんに反応してしまったようだ。

「どしたあ、はあ、きたさあ　どしたあ」

「はあ、どしたあ、どしたあ」

「それから、どしたあ」

我々が宴会をするとき木村君はいつも元気にそんな拍子をとる。

「はあ、そんなら、どしたあ」

「おまえ、おまえ、おまえ」

「ごにゃごにゃごにゃ」

合いの手をとるようにそれに答えているのはやっぱり奥さんのようだ。

「ごはんだ、ごはんだ、ごはんだ」

咳をしているのではなく食い物の「ごはん」と言っているらしい。

「は、どしたあ、それからどしたあ」

木村君の顔がいっきに輝く。声にちからがでてきた。


それから我々はそのあまりにも魅力的な連続反復語法に呑み込まれ、完全にとらわれていってしまった。

「ごはん、ごはん、なにか、なにか」

「ごにょごにょごにょ」と妻らしきヒトがすかさず合いの手みたいに対応している。

「食べる、食べる、食べる」

「そだ、そだ、そだ」

ひるめしなのか、ゆうめしなのか、わからない。

「ごはん、ごはん」

「食べよう、食べよう」

「そだ、そだ、そだ」

もう法律とか真空管どころではなくなってきた。木村君はたちあがった。

「ごはん、ごはん」

「いこう、いこう」

「早く、早く、早く」

「ラーメン、ラーメン、ラーメン」

その日、ぼくはアパート内にいる浪人のアダチさんのところにその反復男のことについて話を聞きにいった。彼はこちらの用件を聞くと、顔を輝かせた。そして彼のきったない部屋に入れてもらい、いろんな話を聞いた。
アダチさんは「聞きにきてくれてありがとう」とまで言った。
かれらはやはり中年の夫婦らしかった。ぼくたちがこのアパートに入る前から住んでいたそうでこの三カ月はどこかよその親戚のところかなにかに行っていたらしい。
おとなしい夫婦でいつも部屋にこもって静かにしている。どうやら生活保護を受けているらしく家賃はきっちり払っている。ただし大酒のみで毎晩夫婦でサケを飲んでいる。それだけが心配だけれど別段なにももんだいはおこしていないのでいいヒトなんだ、とアダチさんは言っていた。アダチさんはそういうウワサ話ができるのが嬉しくてたまらないようだった。

我々のところに町内会のヒトが訪問してきて我々が「ひとつの家族である」と言ったことも知っていて、片目をつぶり「大丈夫。わかってますからね」と嬉しそうに言った。

「おまえおまえ男」の話はその日帰ってきたコロッケ君、沢野君たちに伝えられた。かれらはちょっと感覚がわからないような顔をしていた。二次感染だから鈍いのだろう。

我々先住三名としては悔しい。

いま帰ってきた二人は夕食をそれぞれ食ってきた、と言っており部屋にあった合成酒（米も麴もつかわないケミカル日本酒。まずい。しばしば悪酔いする）を飲むと言った。そういうコトになれば黙って見てはいられないでしょう、と言って、もとからいた三人もそれにつきあった。

木村君は隣の親父の反復語法がいかに「すばらしい、というか、なんちゅうか」と言いつつもどかしそうに沢野君とコロッケ君になおも説明していた。

でもその日、おれたちの熱い期待をよそに夜になってからも隣はしんとしていた。

「もう寝ちゃったのかなあ」

「寝るのが早いなあ」

みんな残念そうだった。

「でも眠るのは大事なことですよお」

コロッケ君が言う。

「おかしいなあ。集団マボロシだったのかなあ」消えてしまった謎の声に木村君がいらだってい
る。空気が緊迫してきたかんじだ。
そのとき、隣の部屋に物音がした。
普段、まるで気にしていなかったが、それは隣の部屋にヒトが入ってきた音だった。
ぼくたちの緊張と期待は一気に高まった。そんなに気持ちをひとつにしたのは克美荘に入居し
てはじめてのことだった。
やがて聞こえた。
「おまえ、おまえ、おまえ、おまえ」
やったあ！　我々は叫んだ。しかし、すぐに口に手をあてみんな黙って隣の部屋からの次のお
言葉を待った。

# 克美荘革命的フトン同盟独立戦線

アパートの隣の部屋の必殺おまえおまえ男の、疲れを知らぬ、連続的・反復反則攻撃は、自分の古女房を毎晩口説いているように聞こえていた。本当にそうだとしたら変態攻撃であり、それを毎日聞かされているおれたちの被害は甚大なものになる。

我々の普段の会話はすっかりそいつの毒ガス話法にやられてしまい、日々の平和な会話が破壊されてきていた。

たとえばゆうめし時刻になると我々の誰かが「ごはん、ごはん、ごはん」と言いだす。「なんだ、なんだ、なんだ」となり「まだか、まだか、まだか」となることもあれば「まだだ、まだだ、まだだ」とか「がまん、がまん、がまん」などと変化することもあった。

夜更けになると「もう寝ようか」などと誰かが言い「まだ寝ない、寝ない、寝ない」「お前は寝れば、寝れば」「おれは寝ない、寝ない」「なぜだ、なぜだ、なぜだ」などと悪質変化することもあった。

同時にあらたな問題点も出てきた。布団が冷たい、と言いだす奴が出てきたのだ。それまで誰も布団などにさしたる深い関心はもっていなかったのだが、最近おまえおまえ男による「ふとん、ふとん」攻撃に刺激されてきたようなのだ。環境に影響されやすいおれたちの会話に危機の片鱗すら生まれてきているのだった。

我々の使っている布団は適当にあちこちから持ちこまれたモノだったから、どこの誰が使っていたものなのかまるでわからない。まあそういうことについてはとくにこれまで誰も気にかけたことはなく、フトンであれば何も問題はなかったのだけれど「冷たい」というのはこまる。しかも部屋にあるそれらはぜんぶ「しみじみ冷たい」というシロモノなのだった。

はっきりしているのは、そいつらは布団として生まれてからまだ一度も太陽の光やぬくもりに接したことがない、ということが十分察せられ、どうやらこれまでずっと冷えきったままだったらしいということだった。フトンとしてはおそらくまったくのヒカゲものの生き方だったのだろう。とかくヒカゲとかトカゲというのはかなしい。このままでは負の相乗効果によってフトンも我々のココロも共に冷えきっていってしまうような気がしてきた。

そこで晴れそうな日に、みんなで一斉に布団干し作戦を決行しよう、ということになった。

それについては過去にむなしい実験的体験というか、前哨戦のような出来事があった。

掃除好きの沢野君が自分のだ！とくに気にいって使っていた布団をアパートまわりのブロック塀に干したことがあったのだ。

けれど自分だけ抜け駆け、というのはちゃんとバチがあたる。沢野君の布団は干したほう（おもてがわ）はいっけん見たかんじいいぐあいだったのだが、裏のブロック塀側にかけたほうがじわじわ水を吸いこむようになっていて、むしろ干さないほうがよかった、という失敗をしていたのだった。

オロカモノの日干し

正確な理由はわからなかったがブロック塀が吸い込んでいる雨などの水分が布団のほうにみんなしてわっせわっせと「移りこんできた」ということしか考えられなかった。

「なんでだろう」

バカはバカなりに我々はその理由を考えたがすぐに「わかんねえ」ということになった。

「やっぱり、太陽がまんべんなく全面的にあたっているような広いところに水平に敷いて、うらおもてせんべいを焼くようにしないと。不公平なんじゃないかな」

「そうだよ。布団だって人間だ」

「そうかなあ。布団は布団だと思うけどなあ」あいかわらずなんの役にもたたないことをぶつぶつ言いながら、快晴のその日、我々は主に「敷布団を中心に、おひさまが平等にふんだんにサンサンのところがいいなあ＝沢野談」の方針のもと、それなら、とみんなで話しあって五人全員で中川放水路の河原に行くことになった。

その日、外の空気がまだいささかひやっとするような時間に我々は布団を頭の上に乗せたり横抱きにしながら一列になって川にむかった。

コロッケ君は部屋にあった大量のシナシナ化しているダンボールを抱えていた。

そのありさまを隣の村上さんの奥さんがこっそり見送っていた、とデンキのサイトウ君がおしえてくれた。

一日中部屋にいるサイトウ君だから気がついたことのようだったが、村上さんの奥さんはいつも自分の部屋の入り口の戸をほんの少しあけてそこから我々をいろいろじっくり覗いているらしい。

このひとは旦那さんを送ったあとは部屋にじっとしているようで、我々はそのうち越してきた挨拶にいこう、などと思っているうちにすっかり忘れてしまっていたのだった。

一日中部屋にいるサイトウ君は村上さんの奥さんとすでにちゃんと挨拶をしていたらしい。同年齢ぐらいの若者らが大勢一緒に住んでいるので村上さんは、いったいこの人々は何をしているのか、ということに興味津々だったらしい。そうしてある日便所から出てきたサイトウ君に聞いてきたという。

サイトウ君は「自分は田舎から出てきたばっかりなものなので何もわかんね」というふうにかしこく答えたらしい。

デンキのサイトー

布団を担いで歩きながらそんな話を聞いていた木村君がいきなり聞いた。

「サイトウ君はそのときどんな恰好をしていた？」

「ん？　恰好っていったっていつも仕事していたからパジャマがわりのシャツとズボンにいつもどおり大きなイヤーホンかぶる、という恰好だったなあ」

「そうかあ。それはスレスレのところだったかもしれないなあ。だってここんとこ、あちこちで主に学生による過激なテロ事件がおきているだろう。革命的なんとか連合とかカントカ革命戦線とかいろいろあるでしょう。おれたちがそういうのと間違われる可能性があるかもしれないから少し注意しないとなあ。今回の場合はイヤーホンがやや問題だったかもしれないなあ。それが何か怪しい武器を作っている、などというイメージにつながるかもな」

「武器の発明ねえ」

「なにかマッドサイエンス的な発明をしている若者たち、とかな。ま、おれたちはせいぜい克美荘革命的フトン同盟ぐらいのもんだろうけどなあ」

なるほど。

みんなしてそれぞれ革命的フトン同盟のような顔にしよう、と意気ごんだがどんな顔をしていいのかわからなかった。フトン顔と言われてもなあ。


おれたちが布団干しにいくときに、問題の物件が押し入れから見つかった。

少し前、中林君がいきなり持ってきた道路工事用に使われている自己主張の強いピカピカ自動点滅しているライトが押し入れの中で横倒しになってへばっているのが発見されたのだ。ピカピカはもう消えていた。ごく最近お亡くなりになった、というかんじだった。

ピカピカとあまりにも目にウルサイのでぼくが横倒しにして押し入れにいれ、その上にもう使う奴が誰もいなくなった湿って重く汚い布団がかぶさっている。沢野君が一人抜け駆けに干したんだけど、かえって濡れて使えなくなってしまった布団だった。

ライトのところは損傷し、先端部分が半分ほど押し入れの床にめり込んでいた。

そうなっている理由がわからなかった。けれどそれをはじめて見たデンキのサイトウ君が非常

に興味深そうにそいつがここにあるいきさつをぼくたちに聞いてきた。

そのあれやこれやを聞きながらサイトウ君はやがて「ヤバい」「ヤバい」とくりかえして言うようになっていた。

サイトウ君は言った。

「こいつはかなりタフな永久電池なんですヨ。アタマの部分には〝キ〟硫酸が入っています。水状態ですが硫酸の仲間だからいまでもキケンですよ」

「それにやられると皮膚とか骨なんかボロボロになっちまう、という例の奴かい」

「そう。だからランプの割れたところを手でじかに触ったりしてはダメですよ。これは液体電池なんです。アタマの受けの部分にはキ硫酸が使われているんです。うっかり触るとヤケドします。電池なんですから」

サイトウ君は真顔だった。

「漏れたキ硫酸がすでに押し入れの床を焼いてしまっていてアタマの部分が床下になかば落ちているでしょう」

おそるべきサイトウ君の話は本当のコトらしかった。

「え、じゃあこいつは、まだ生きている、ってコト?」

コロッケ君が聞いた。

「そうね。もうムシの息だけれどね。でもケミカル的に再発火するかもしれない。そうしてニンゲンはその溶液に触れるとヤケドしますよ」

「ひええ。こんなものを抱いて寝なくてよかった」

沢野君が言った。

「おまえ、これを抱いて寝ようとしたのか?」

と、木村君。

「うーん。まあ一人しかいない寒い夜なんかにはねえ」

「抱いて試しに全身ヤケドになっておけばよかったのになあ」

木村君が言い、みんながうなずいた。

中川放水路の河原干しは、ヨソから来た布団盗み団の被害にあうとか、子供の集団が来て土足で暴れるとか、犬なんかが来て小便をかけまわるとかするとまずいから時間をわけて見張りをつけておく必要があるな、と木村君が言った。彼はもう完全な「家長」になっていた。

それでその日、午前中はぼくとコロッケ君が。午後の前半はサイトウ君と沢野君。後半は木村君が一人でそれぞれ担当した。

けれどどの時間帯も心配するようなことは何もおきなかった。

みんなの意見を並べると、親子連れなどの場合は親が並べられたフトンを見てまず最初に怪しいものを警戒するそぶりをみせ、誰も接近することはなかったらしい。そればかりか犬もネコも近寄ってこなかったというのがショックだった。おれたちは犬やネコにも見放されてしまっているのだ。犬は河原の散歩に来たとき、布団が干してあるところに来るとそれまで自由に走りまわらせていたのに飼い主がリードをつけて急ぎそのあたりから遠ざかってしまうケースが殆どだった。

逆に近寄ってきたのは警官だった。ちょうどぼくとコロッケ君が監視人のときだった。

「布団干し、ですか」

見ればわかるだろが、と思ったが、思わぬ条例などを振りかざされて「ぜんぶ回収!」などと言われ、警察にアパートまで踏み込まれてしまい、あのピッカピッカの〝遺体〟を見つけられたりしたらまずいからおれたちは愛想笑いなどを浮かべ「ご苦労さまでえす」などと言ってしまった。布団は下にダンボールを敷いておいたので湿ることもなくだいぶ乾いたような気がした。こうして革命的フトン同盟の最初のイデオロギー闘争は成功したのだった。

# 運命のショウユ・マヨ・ソーメン

こういう不思議な共同生活をしていると、こまかい連絡などとらなくてもそれぞれが自然に対応していく。たとえば生活のための買い物だ。頼まなかったのに帰ってくるときにタマネギなどを買ってくる奴がいる。我々の食生活でもっとも必要とされているのがタマネギだった。

みんなから「父ちゃん」と呼ばれて頼られている木村晋介君などはよく言っていた。

「諸君。タマネギを切らしてはいけんよ」

木村父ちゃんが言うには、タマネギはとにかく偉いのだった。

「あれは優れたやつだ。煮てよし、焼いてよし、炒めてよし、その気になればナマでもいい。いわゆるオニオンスライスだな。ライスカレーには欠かせない。ギョウザ、チャーハン、コロッケ、味噌汁、肉ジャガ。玉丼、カツ丼、親子丼の三連発。何もおかずがなくなったときでもショーユに浸したタマネギさえあればアツアツのごはん三ばいはおかわりできる。さらに保存がき

く。冷蔵庫などいらない。丸ごとそこらに転がせておけばヒトリで生きていく。あまつさえ自分の体内養分をつかって芽をだし世代を繋いでいくのだ。泣いたりしない。人情に厚く根性がある。諸君！時代はタマネギなのだ。いや、何時の時代でもタマネギを切らしてはいかんのだ！」

父ちゃんの演説に全員深くうなずき、拍手さえおきた。いまや神のようになったタマネギはエンジ色の網フクロにいれられて部屋の真ん中に吊るされ、それは克美荘のシャンデリアとさえ言われていたのだった。寝るときはいやでも目に入り、みんな自然に目下の在庫がわかってくる。

タマネギと同時にカツオブシとショーユを絶やしてはいけなかった。逆にいえばこの黄金の三種がしっかり確保されていれば我々は無敵だった。

早く部屋に帰ってきた奴がコメを研ぐことになっていた。その日によって顔ぶれがいろいろになるので、夕食が何人になるのかわからなかったけれど、研ぐのはおよそ三合と決められていた。水かげんは研いだコメの上に片手を入れて手の甲まで全部水に隠れるように調整する。誰かが母親から聞いてきたその水かげんこそ伝統の技なのだった。

炊きあがると「親が死んでも蓋をあけてはいかん」という木村父ちゃんのいいつけどおり五分間蒸らした。

炊きあがったごはんはいつもニコニコ笑っていた。いや、笑っているのはごはんじゃなくて我々だった。

等分に食べられるように誰かがシャモジでごはんを切っていく。厳粛な神事のようなものだった。

四人のときはまあ平和に「十字」型に。三人のときは「ベンツ」のマークのように。五人のときはちと難しく幾何学の素地が必要だった。

## 実力者ソーメン

ある夜更け、それぞれ勝手なことをしているうちに腹が減ってきていることに気がついた。現代ならば真夜中になってもファストフードの店などがあるし、コンビニもあいている。しかし、当時はそんなものはカケラもなかった。なにしろチキンラーメンが出はじめた頃だったのだ。おまけにそういうモノは高すぎて不経済なので買わなかった。夜更けに食えるのはせいぜい買い置きの乾麵やソーメンぐらいだ。

「ハラへった。ソーメンでも食おうぜ。まだ少し在庫あったろ。サワノ、つくれよ」

沢野君は気まぐれだが本質的に気のいい奴だった。彼はギターの練習ぐらいでさして夜更けにマナブこともない。すぐに四人分のソーメン作りに入り、たちまち出来上がった。

まあ夜食なのでひとつ鍋のものからそのまま食ってしまおう。皿を洗うのもメンドーだしな。そう言ってみんなで順番に鍋からソーメンを箸で掬いとってタレにつけて食うことになった。でも火にかけていた時間が足りなかったようでそのソーメンはところどころがまだだいぶ固かった。いまではバリカタの食い方などもあるが、当時はそういう思考はまるでなかった。

考えていたのとはずいぶん違うものだったのでみんなイカッタ。

「なめらかにやさしくツルツルのソーメンを食いたかったのにい」

「せっかくの深夜がだいなしだあ」

「返せ、青春!」

みんな口々に文句を言った。

すると沢野君はいきなり鍋を抱え込み、そこらにあった醤油やマヨネーズなどをじゃんじゃんかけてかき回しそれを食いはじめた。人間行動心理学的に言って、それは一種の自殺行為のようなものだったのだろう。

「もういいもん。オレなんか、もう、こんなものを食って死んでしまうんだ」というやつだ。

でもそのぐちゃぐちゃ崩壊ソーメンがうるうるして妙にうまそうだった。ヒトが食っているものはなんでもうまそーに見えるものだし。しかもおれたちはハラがへっていた。いちばん卑しく最初にそれを奪って食ったのはぼくであった。めざす相手はショーユ・マヨまみれになったぐちゃぐちゃの面妖なるものである。

人生は何がおきるかわからない。自殺の相伴のようにして食ったそれがなんともいえず破滅的にうまい！のであった。

感動してそれをわしゃわしゃ食っていると高橋コロッケ君も電気のサイトウ君も木村父ちゃんも加わってきた。

みんな黙って激しく食っていた。真剣に味わっている。どうも沢野君の捨て身の抗議が実を結んだようなのだった。

「うめえ。もっとマヨネーズを！」

「ショウユもいれろ」

「かきまわせ！」

あとは阿鼻叫喚となった。

そしてそれ以降、ソーメンにショウユ・マヨ、しかもラー油入れ——というのがおれたちの黄金メニューのひとつとなった。

**おまえおまえ男登場**

夕食のときの顔ぶれによってたちまち酒盛りになった。ただし全員ビンボーである。みんなでカネをだしあい、誰かがサケを買いにいった。集まったカネによるがビールは我々にはとてつもない高級品だった。値段のわりに酔いが薄い。

だからよく飲んだのは「合成酒」というものだった。これは一升瓶で三百円台（当時）だった。化学的に作りだした酒で、コメなどの自然の素材はまるで使われていなかったはずだ。電気コンロでカンをすると理科室でビーカーによるなにかの化学の実験でもしているような気分になった。飲みすぎるとアタピン（ワル酔い、二日酔い的激頭痛）になった。でも安いからおれたちの味方だった。飲んで酔うとたいていみんなで歌える民謡大会になったが、そうなると隣の「おまえおまえオヤジ」を刺激してしまうからむこうでも歌がはじまったりする。おまえおまえオヤジの歌はやっぱり反復語法

の民謡だった。

月があぁ、月があぁ、月があぁ。

出た出た出た出た出た出た出た。

となって、月はもうずっと出たままになっていて、おれたちに勝ち目はなかった。

その日、おれたちは歌うのをやめ、隣のオヤジについてちょっと話をした。

オヤジはもっぱらビールを飲んでいる。克美荘の監視人みたいなアダチ君の話では夫婦は生活保護をうけているらしい。それにしてはビールを好きなように飲んでいる。窓の下の空き瓶の山がものすごいからすぐにわかる。いいのか、それで、というような話になった。悔しかったのだ。


ぼくは次の日、窓から隣のアパートとのスキマを眺め山となっているカラのビール瓶を数えていた。

フと頭のなかに小さなヒラメキランプが灯った。その当時、酒屋さんにカラのビール瓶を持っていくと大瓶一本につき五円の回収金を貰えた。隣が棄てたビンをそっくり酒屋に持っていけばちょっとした収入になるはずだった。

みんなに話し、その週末にわがチームによる隣からの空きビール瓶回収作戦をおこなった。夫婦はなんの用事なのか毎週土曜日は留守にしていることがおおかった。面倒なことにならないように一応アダチ君に相談した。彼はそれを聞いて大賛成だった。「いいコトです。清掃になります。二人は毎週土曜日はカグラムジンに行っていて留守ですからね」

カグラムジン……というのは謎だったがとにかくまあ留守になっているのだ。

歩いて五分ぐらいの三叉路のところにある「西の屋」という酒屋にけっこうな量になったカラビール瓶を三回にわけて持ち込んだ。西の屋さんは気持ちよくそれを受け取ってくれ、しめて百六十五円になった。それは無からはじきだした立派な収入だった。その回収金に手持ちの金を足してトリスウイスキーの丸瓶三百三十円を買った。すごく得した気持ちになった。知恵の勝利だった。

そんなある日、木村父ちゃんが買い物をして帰ってきた。何かうまいものを買ってきたのかナ、とコロッケ君や電気のサイトー君らと期待をこめて見つめているとそれは食い物ではなく、スーパーで買ってきたモモヒキだった。

「この部屋にずっといるから冷えるのよ」と木村父ちゃんはもだえるように言ってそいつをはいた。どういうわけかそれはやたらに「マタガミ」が長く、ずんずんひきあげると腹の上のほうまで伸びてしまい、股が巨大になる。

まあそれだけお腹もあたたかいからいいんだろうけれどプロレスラーみたいで面白い。ぼくたちは拍手した。

「三百六十ポンドオー！　ジャイアント・またあ（股）」

と言って木村父ちゃんはモモヒキをずりあげては両手を何度もあげ下げした。

# 辛辛(からから)ごはん鍋と三日月の宴(うたげ)

克美荘の五人の常宿者が夕食に顔を揃えるのは週に一〜二日ぐらいだったからキマリの夕食料理というものはあまりなかった。食生活でいちばん対応能力があるのは沢野君で食器の使いかたから料理、片付けまで彼がいるとなんでも素早くキチンとできた。それはたぶん料理のうまい彼のお姉さんや妹の影響だろう、と考えられた。

だから部屋になにも食材がないとき、沢野君がいると買い物の段階からテキパキとその日使うものを買ってきて素早く料理され、無駄がなかった。どこかで揚げ物とか惣菜を買ってくればもっと簡単だろうけれどそれでは我々の経済がなりたたない。沢野料理のすぐれたところはそこにあるものでナントカする、という賢く大胆な技だった。

彼の作るものでもっとも安く早く簡単にでき、感動さえした料理は（あれが料理かどうか、ということは別にして）キャベツ炒めだった。これは本当にキャベツだけバリベリボリと手でちぎって少しの油で素早く炒め、カツオブシと醤油で味つけするだけ、という魔法のようなもので、できたてをみんなでフライパンを囲んで競うようにして食べるとおかずにしてもまったくうまくてうまくてみんなで同時にシアワセな気持ちになった。炒めすぎてところどころ黒く焦げてシナシナになったキャベツの端っこが柔らかくておいしい、ということもその頃知った。

「野菜をいっぱい食わなくてはいけんよ」と彼はよく言い、結局みんなでガシガシ音をたてるようにしてキャベツ一ケをまたたく間に食ってしまい、本日もまた全員でアオムシになったような気分になっていた。

ときおり備蓄しているサバの水煮缶をひとつ大胆にそこに入れることがあるといきなり三階級ぐらい上のゴチソーになった。

このキャベツ炒めのもっと進化したのがキャベツのほかにウインナーソーセージをこまかく切ったものと、煮えたウドンを混ぜたものをソースでとことん炒め、さらに煮詰めていくんじゃけんね、という無敵の一品だった。

限界まで炒めて、ウドンとしてはわしらこのさきもうどうなってもいいけんね！というくらい炒められ、最後は煮詰めたようになって完全にケンネ化した「キャベツうどんとことん煮こみ」

をごはんの上にのせて食うと、手足が勝手に歓喜に跳ねまくり踊るマハラジャと化し、タハタハしていくのだった。

ある日、ぼくとコロッケ君と電気のサイトウ君がいるとき、ひさしぶりに凱陸君が来ていたのでせっかくだからなにかゴチソーを作ろう、ということになった。といったって部屋には食材はなんにもない。お金もない。そこで沢野君の真似をして進化していく簡単鍋を作ろう、ということになった。

残ったゴハンをオニギリのようにして乾かしてとっておいたものが三ケほどたまっていた。我々はこれをゴハン玉と呼んでいた。後日、それを焼きおにぎりにしたりチャーハンにしたりしてちゃんと食べていた。

　その日、はじめはキカイ的にごく普通のかつおぶしダシの汁を作った。それにタマネギを半分ほどコマカク切って入れ、そこにウドンを入れるという定番の鍋に向かっていたが「ここにごはん玉を入れたらどうだろうか」と、コロッケ君がとつぜん言った。

「しかし、そうしてもし失敗すると我々の生活に大きな損失のメカニズムがおきる。ポリシーがないからだ」

などとサイトウ君が信じられないような知的なことを言った。

　そのため予期せぬ沈黙がおきた。損失とか痛手とかポリシーなどと朝日新聞みたいなコトバが会話に出てきたからだった。鍋をかこんで四人はちょっとずつ不安気に顔を見合わせた。

「ナガネギが一本残っていたからそれも入れようか。ネギネギ鍋だ」

　コロッケ君がいきなり言った。緊張をやわらげるためのヒトコトでもあったようだった。

　しかし鍋はいきおいをつけてさらにゴトゴト煮えている。もう見えない未来に進むしかないようだった。しかたなく、ポリシーもイデオロギーもなくみんな無口になってごはん玉を次々に鍋の端から身投げでもさせるようにして入れていった。

　少し弱火になったがなおも鍋はゴトゴトいって煮えている。そのままではありふれた「おじや」というものになっていきそうだった。味つけにもう少し凝る必要があった。

「ここでナマタマゴを投入するという考えかたがあるよな」

いちばんポリシーのないぼくが言った。

「ナマタマゴは高級備蓄品だぞ」

「でもおれたちはさっきこの部屋の最後のコメ、つまりごはん玉を投入してるんだぞ。もう後戻りはできないんじゃねーか」

しだいに一家心中のような雰囲気になっていった。

「ナマタマゴは割った殻から鍋にじかにオトスんじゃなくて三ケをいったんボウルに入れてよくかきまわしてからのほうがいいと思うんだ。うちでカツドン作るときによくそうしているのを見ているんだ」

コロッケ君が言った。トンカツを作っている精肉店のセガレが言うのだから説得力がある。

鍋全体が熱くなっていたがナマタマゴは空挺部隊みたいに「タタカウぞー」と素早く鍋一面にひろがっていった。それをオタマでゆっくりかきまわす。

「醬油とコショウをもっと入れたほうがいいんじゃないの」

凱陸君が言った。勇気のあるヒトコトのような気がした。

「失敗したら、とりかえしがつかないことになるぞ」

「でもやるべきだ。失敗を恐れてはなにもできない、とサルトルは言っているぞ」

「サルトルは破壊のあとに創造がある、と言ってるんだ」

「破壊すべきだ。行け！コショウよ七味トウガラシよ！」

励みをうけてついに七味トウガラシが缶ごとそっくりドサッと投入された。

「わあ。これでいいのらあ！」

「こうなったらこないだ戸棚の奥から見つかった新潟のかんずりと千葉の辛渋酢なんかも入れたほうがいいような気がするなあ」

「そうだ。いつかみんなで買い物にいったとき市場のクジ引きであたった沖縄のトウガラシ入り泡盛の小瓶をこういうときにみんな投入すべきだ」

「滅丸島渋辛味噌とホンコン豚鼻アブラというのもそっくり入れようぜ、コクがでるはずだ。コクってなんだっけ」

「濃くなるコトだろ」

「じゃあこうなったら青トウガラシザクザクラー油というのもたっぷり投入してしまいたいなあ。それから小袋ヌカミソまだ残ってなかったっけ」
「うん。半分以上あるぞ。シオカラも残ってる。あれ煮るとイカ煮になるんじゃないかな」
　鍋が煮えてくるにつれてみんなどんどんアタマがパーになっていった。鍋全体が黄色と白と赤とチャイロが邪悪にまじってぶつぶついっているのを見るとどうもこいつはキケンなものに成長しているような気がした。しかしなんだかたいへんうまそうな匂いにもなっている。

「一度踏み込んだ悪の道から戻ってこられるのかどうかわからない感じだな」

オタマにしゃくってみんな交代で嘗めてみる。あきらかに邪悪だが不思議にうまい！　うまいけれど二秒後に辛くてヒーハーヒーハー化する。たまらないヒーハーだ。こうなったらもっとヒーハーしたい。どうにもやめられないとまらない。もっとヒーハーがほしいの。もっともっと。もうどうなってもいいの。もうわたしの人生ぜーんぶねじまがってヒーハーになってもいいの。もうなにしてもいいのよ。

フクザツケンネ化の危機だった。

「ホントだ。このままあっちの世界のヒトになってしまいたいかんじだ」

「あっちってどっちだ」

「バカメこっちのむかいだろ」

どんどん狂ってみんなでヒーハーヒーハーしているときに木村父ちゃんが帰ってきた。

「おっ、やってるな。なんだかいい匂いがしてるなあ。オレ七時まで司法試験のチームと勉強会してたもんだから腹へっちゃってなあ。神田でラーメンでも食べようかと思ったんだけどがまんして帰ってきたんだ。はやまってラーメンなんか食ってこなくてよかったよ」

木村父ちゃんはすぐにオタマにすくいとってそいつをめし碗にとってすすった。

「ひえっ。これは奥の深い味だなあ。ひーはー。でもちょっと辛いなっ。ヒーハー。あっ鍋の場所によってはもっと辛いところがあるぞ。しかしうめえなあ。辛いけれどこれはうめえよお。ヒーハー。これをごはんの上にかけて、ごはんをわしわし食いたいなあ。カレーライスみたいにしてさあ！　ヒーハー。ごはんはないのかヒーハー」

おれたちはみんなスーパーヒハヒハラリルレロ化しているからもうだれもまともに返事はできない状態になっている。

「あの、えとれられすね。ごはんは鍋のならにありますのら」

「ん？」

「まっ、あのれすね。エトエトごはんはいまみんなこの鍋のなかなんれすよ。えと、そういうコトなんれす。決してオコラららないれすよね」

木村君はよくわかんねえ、という顔をしつつ二杯めのおかわりをしていた。お楽しみはこれからなのら。


それから数日したある日、夜中にゴキゲンの沢野君が帰ってきた。その日彼は陽気に明るかった。やや調子はずれのカントリーウエスタンなんかを口ずさんでいる。

「あれえ？　今夜は誰も呑んでないの。ヘンだなあ。何か呑もうよ。酔うやつをサー。合成酒でもいいや、なんかないの？」

沢野君が率先してサケサケというのは珍しかった。

「きっとあいつに新しい恋人ができたんだな。めったにないめでたい日なんだよ」

中学からの友人である木村君がズバリと言った。

「ちくしょう。いいなあ」

「あいつの精神は素直つうか単純にできているからなあ。すぐにそういう変化がわかるんだ」

「ちくしょう。いいなあ」

驚きのあまりわれわれはそれしか言えない。

「だから宴会しよう」沢野君が長い手足を振り回して言った。

「そういうのはお前が言うことじゃないだろう。まわりがやるかやらないか決めることだろう」

でもとにかくサケを買ってくることになった。いつも出入りしている三叉路の酒屋は遅くまでやっている。凱陸君がその買い物にでるときに「ちょっと待て、このままだと結果的に騒ぎになるから湯呑みをもってみんなで外にでよう」

と、木村君が言った。

「ん?」木村君はときどき不思議なことを言う。

「この時間にこの部屋で宴会すると真夜中に賑やかなことになる。まわりの家庭にオコラレル可能性があるから文句を言われないところにいって開催しよう」

「え? こんな時間にそんな場所があるのかい?」

「このあいだシーナが言っていたヒミツのいい場所というのがあるだろう。奴にまかせよう」

ぼくが言ったことを木村父ちゃんは覚えていてくれたのだ。

いい場所、というのは近くを流れる川の橋の橋脚の上だった。

廃線になっている引き込み線の鉄橋で川を斜めに渡るようになっている。その線路の下、橋脚の上に五、六人が座れるようなスペースがあるのを以前見つけていたのだ。

サケが手に入ると早速ぼくが悪者一味の手先のようにしてそこまで案内する。みんな身軽についてきた。足をすべらせて落ちたりしたら夜だしけっこう危ない場所だった。
ぼくたちはコンクリートの橋脚の上にむかって線路の隙間からするする降りていって輪になった。しゃくにさわるけれどそこでまずは沢野君に恋人ができたことへの乾杯をした。

月が出ていた。雲間の三日月だった。
そのうち歌がはじまった。
月があああ
出た出た出た出た出た
さのよい　よい
バカたちの宴は快調にはじまった。

## 恐怖の濃厚臭気と転倒蝿

おれたちの住むアパート、克美荘の便所は廊下を隔てて我々の部屋の正面に三つ並んでいた。

堂々たる汲みとり便所である。昭和四十年代にしては東京の古代遺物みたいにもう残りすくなくなってはいたが、その存在感はすさまじいものだった。ドアは片開きのベニヤ合板だったが、それぞれアンモニヤにやられて白粉をふいたようにヘナヘナにへたばっていた。

もうだめ……。誰が見ても「臭気にやられた」という現実感をもってヘナヘナ化しているのだ。便所全体は悪意に満ちてぜんぶ西むきだった。

太陽は夏の午後になると熟れすぎた鬼灯（ほおずき）みたいに輪郭を不確かな楕円に崩し、曖昧に燃焼しながら、こちらもヘナヘナとコロナを踊らせながら西の空の端に落ちていく。

暮れていく太陽のひかりのなかでもゆるがず、蓄積されている糞便の臭いは季節のなかでのたうちまわるようにして凶悪に変化し、まだしぶとく成長していた。

このようにして毎日、一階と二階あわせて六つある便所がフル稼働（稼働

沈む太陽

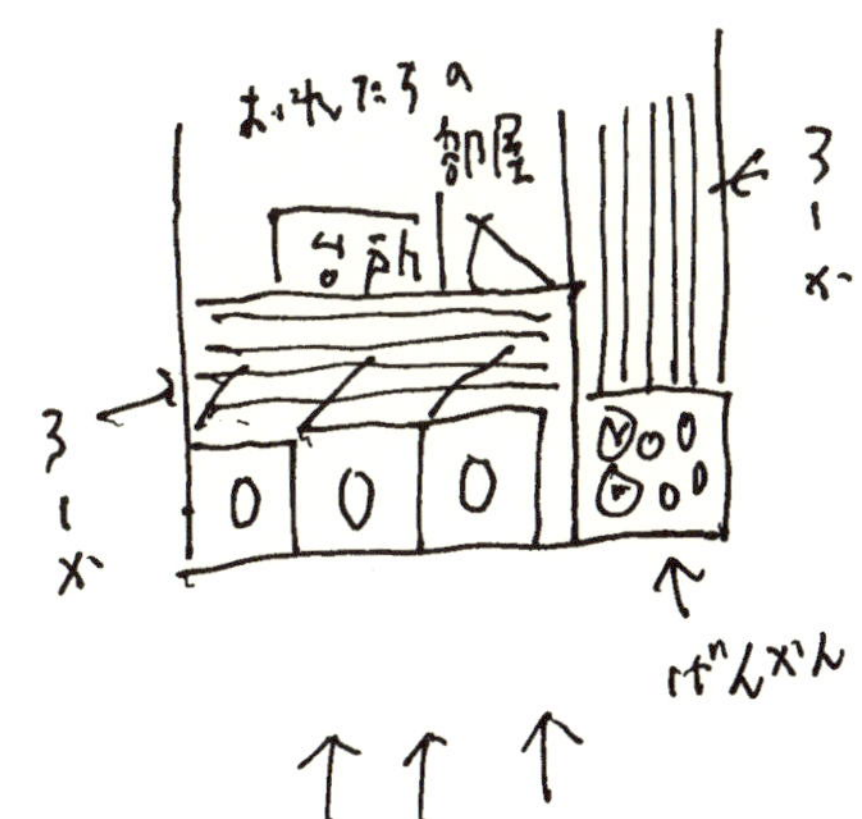

というのかな）して便層を活性化させているのである。

あたりに濃厚な生臭気が漂っている。この〝ナマ〟というところがなんといってももの凄かった。

混合された臭気は大気の圧力と地球の引力によってある種の「臭いの堆積段層」となってぐにゃぐにゃとなおもしぶとく成長しているのだった。

それは上から季節表層、中弛み層、一般層、発酵深層、濃厚滞留層という階層をもってゆるぎなくその臭気を周辺に漂わせていた。見えないのに強烈な存在感がある。

野放しにされた臭いは妥協なくひたすら強引かつ攻撃的なものに成長していく。

その惨状をもっとも早く、もっともリアルに切々と報告していたのはデンキのサイトウ君だった。かれは仕事柄一日中部屋のなかにいることが多かったのでその報告も迫力をもってナマナマしかった。

臭気が強烈になっていくのは風がなく暑く湿度の高い爛れたような午後だという。臭いは二時ぐらいになると急速に濃度を増していく。時間が静止しているような昼さがりにむかって、うるうる膨張していく臭気は、ジリジリと太陽の熱がもっとも力を増していく爛れた午後三時頃にもっとも危険な膨張限界に達し、積み重なった臭気の層が崩れていくんですよお。

と、デンキのサイトウ君は我々の顔を眺めまわしながら言うのであった。

「このとき、深層から濃厚層ぐらいになっているようなところに不用意に干渉してしまった生命体は、生態的に非常にキケンな状態になっているのです。たとえばこのての状態に強いはずのハエだってチャラチャラ油断して飛び回っていて、うっかり濃厚層にいきあたると『あっ』などと

言ってたちまちバウンドして跳ねかえされてしまうんです」

「積み重なった臭気というものはそれほど強いものなのです。臭いの層は透明だから見た目にはハエが空中で勝手に跳ねているようにみえますがそのときすでにハエは濃縮された臭気層にもてあそばれ、気を失っているんですよ」

サイトウ君ならではのサービス的表現はあるのだろうけれど、宇宙から帰還するロケットが地球の大気層に戻る角度を誤ると濃厚な大気にバウンドして真空層にハネ戻されるコトがよくある、というからサイトウ君のこの科学的な解説は真剣に聞いておく必要があったのだ。

たとえば人体への影響はどうなのか。まだそのような惨事はおきていないが克美荘の我々はよく安ザケをのむ。酔ってわけがわからなくなってしまっているときに足をすべらせた人間が便層に落ちた場合どのようなコトになるのか。自分はまずそんなことはないだろう、と皆思っているのだが、もし落ちてしまった場合、どうなるのだろうか。そういうことをみんな一斉に考え込み、しばし沈黙してしまうのだった。

「で、その臭気濃厚層にハネ返されたハエはどうなるの?」

しばらくして話題をかえておれたちが聞くとサイトウ君は来たな、とばかりにうなずいた。

「うむ、たいていはまあ気絶して手足をバタバタさせてましたよ」

などと言うのだった。バタバタってハエの手と足をどう区別するのか。

「小林一茶だって言ってるじゃあないですか。やれ打つな……」

「あっそうか。ハエが手をスル、足をスルか」

サイトウ君は文学にも造詣が深いのでおれたちは感心してさらに深く頷くのだった。

でもここしばらくのうちに出てきたそこらのハエにくらべると、その頃のおれたち人間はアパートの玄関にはいると臭気にすぐ馴れてしまうので、たとえば木村君などは「いやどうも最近の若いハエてえものは軟弱でしてなあ」などと言って自分の鼻の穴を大きくふくらませたりつぼめたりしているのだった。

やがて対策として、克美荘にいる若者たちとしてはなんとかこういうコトの対策をたてねばならないのではないか、というコトになっていった。

そのひとつとして「便所の蓋」を考えた。おれたちにしてはまことに重要なテーマではないか、ということになり「対策協議会」というものがつくられた。それには克美荘の住民の意見も聞いておく必要がある。

まずはシンパシーのある二階の佐藤さんのところに行って参考意見を聞いてみることになった。

それには木村君がもっとも適任だった。我々は佐藤さんのところによくいく。テレビのナイターなんかを見せてもらっていたからだ。小さい女の子が二人いる。小学校二年と五年生でどちらも歌が好きで木村君とミヤコハルミの歌なんかよく一緒に歌っていた。

たずねていった木村君に「改まってなにかねえ？」などといかにもヒトのよさそうなお母さんは聞いたらしい。技術参考人としてサイトウ君も一緒にいった。

結果的にわかったのは一階と二階では便所問題の反応が違う、ということだった。さらにもう

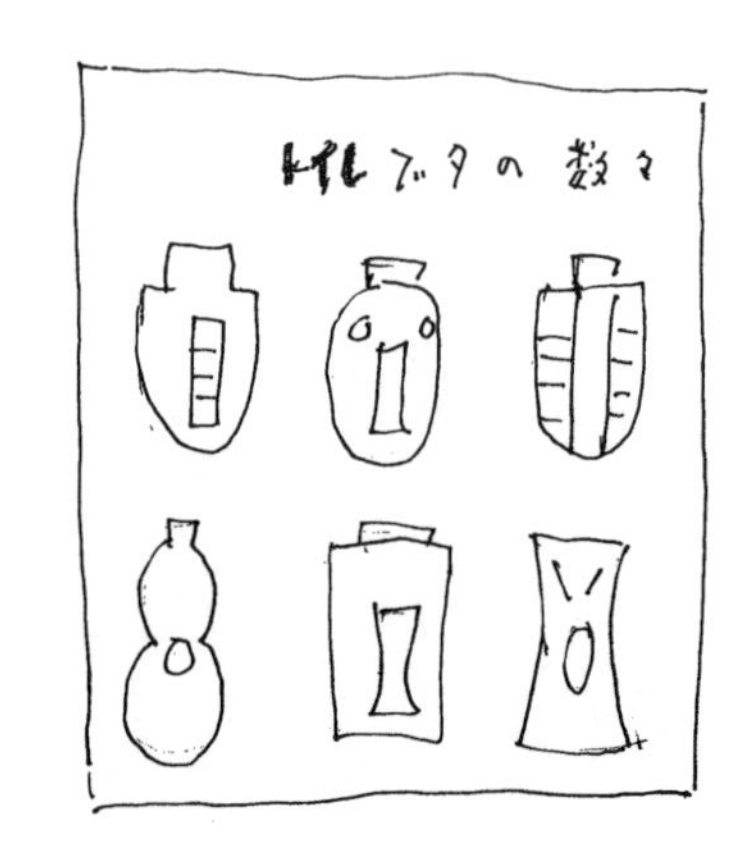

ひとつ住んでいる年月の差も大きいようだった。
二階はそんなに気になるほど臭わないらしい、ということもあったようだ。
佐藤さんのおばさんは木村君のビール好きを知っているからすぐにプチンと栓をぬき、サイトウ君と木村君に注いだ。そうしてまもなく歌が好きなハルミちゃんなどと声を合わせて演歌などを歌い、茶碗を叩いてゴキゲンで帰ってきた。そうして便所の臭気問題から発生した蓋かぶせ対策はカンタンに挫折していったのだった。

この問題を追求しようとするとそこから発展して、たとえば赤ギガギガ、とかツキマクリひりひり、とかカオツツキサナダムシ、とか変態赤丸とか、ナメマクリ、とかトビツキマダラコロシなどといった、いまではなかなか見ることのできない凶悪怪奇な害虫問題にまで発展していってしまうのでこの本を出版する『本の雑誌』の環境品質保全のためにこれ以上そういう問題の追求を深めていいのかどうか、あらかじめ浜本社長に断っておいたほうがいいな、と思った。

七月はヒマなのでぜひみっちりそれらの問題をくわしく書きつらねていきたいと思うのだが、逃げているのか浜本社長がつかまらないので、その問題に踏み込めないままなのである。いまこそ恐ろしい昭和下町異生物問題なるものを書き記したいと思っているのだがどうしたものだろうか。

衛生問題についてはもうひとつ、克美荘専用のナマゴミ用大バケツの蓋が見当たらず困っているという。

以前来たことのある町内会のおばさんが三人連れでやってきて「お宅知らないかしら」などと言って、入り口から部屋の中をギランと見渡していたのだった。

そのおばさんは以前我々の家族構成を聞きにきたときに我々の部屋の中を見回し、中林が持ってきた道路工事用のピッカピッカライトをしっかり目にしていたはずなのだ。

ゴミバコの蓋についてはまるで知らなかった。もしかして便所の蓋にしようとして実験していたヒトがいたのではないか、などと話したがそれっきりだった。まあ、そんなふうに我々もいろいろと下町生活に対応順応させられながらもしぶとく生きているのだった。

あるときコロッケ君が「おみやげ、お土産だよ」と言いながら明るい顔で帰ってきた。彼が小わきに抱えてきたものはドジョウであった。「乾燥どぜう」と書いてある。おとくいさんから貰ったものだという。まだ誰も夕食のことを心配していなかったのでまったくいいタイミングだった。しかし問題がふたつあった。

そのひとつは①まだ誰もドジョウをたべたことがなかったこと。②コメがいまは殆どなかったこと。

①はコロッケ君が駅まで行って公衆電話で母親から聞いた。平らな鍋で煮るようだよ。味は醤油鍋でいい。ナガネギの切り刻みを沢山！　ごはんのおかずに絶対おいしい、とおしえてくれたらしい。

素早く我々のコメ在庫を調べにいった凱陸君が「コメはもう、茶碗いっぱいぐらいしかない！」

と言った。でも我々は誰もカネというものを持っていなかった。

「どぜう」と書いてあるドジョウを見ながら我々は簡単な結論に達した。

カネは作ればいいのだ。

アパートから歩いて五分ぐらいのところに「質屋」が誘惑的にのれんをフワフワ揺るがせていた。もう何度も行っているのでまともな「質ダネ」は殆どなかった。たとえばこの部屋に出入りする友達で時計を持っている者はもはや誰もいない。みんな質ダネになり、激しい都会の急流に流れさっていったのだった。 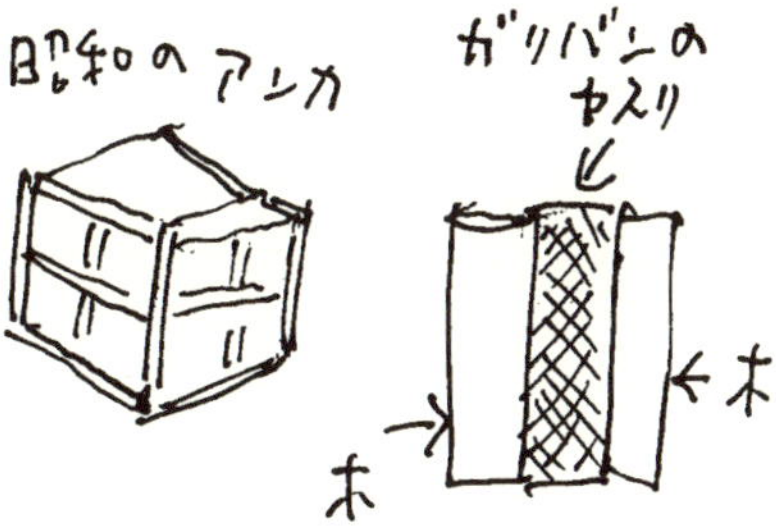

「まだある。このあいだ、いざというトキのことを考えて押し入れのなかを点検してみたんだ。そうしたらサイトウが持ってきた一人用のアンカを見つけた。それとガリバンのヤスリだ」

ぼくがイキオイをつけて言った。

「ガリバン？」

「ああ、お前ら知らないのか。よく手にするだろう。ワラバン紙に刷ったガリバンの印刷物。青い色のやつ。アレの道具だ」

みんな曖昧に頷いた。

ほかにはもう目ぼしい質ダネはなかった。

問題は、どう売り込むかだった。普通質屋は「売り込む」んじゃなくて「預ける」「入れる」という言い方だったが我々の認識はもはや違っていた。質屋に持っていったものはそのまま手放していくものだった。

だから、できるだけ高く「手放したい」から一発勝負だった。

「あそこの質屋はよう、わりあいおれたちに好意的なんだよなあ。とくに奥さんが対応してくれるときそれを感じるなあ」

「そうそう。学生さんたちの未来に賭けましょかね。なんてヒハハハホホ言ってよお」

「なんだ。そのヒハハハホホって?」

そういって笑うじゃないか。

「そうだったかなあ。とにかくまあその役は女殺しの凱陸君に頼もう」

「なあぴったりだろう。ついでにマンドリンひいて、赤いサラファンでも歌ってきたらもう一発で高額回答がきまる」

「なあるほど」

なにが「なあるほど」なのかまるで分からなかったけれど交渉人はそれで決まった。

その質屋さんの入り口には額に入った表彰状が五、六枚並べて飾ってあって、どれも警察から表彰されているものだった。専門用語のようなものが並んでいてはっきりとは分からなかったが、それらはどうやら盗品の持ち込み発覚に力を尽くしたものらしい。

質屋の入り口まで三人ついていった。アンカは見るからに貧相で、そういうものを一人で持っていくのはつくづく気が滅入るように思えたからだった。

質屋は六軒島というところの路地の奥にあり、ブロック塀に囲まれていた。

「じゃ、いけよ。自信をもって」

「ひるむな」

「たたかえ！」

みんな適当なことを言って送りだした。

結果は百五十円だった。

どのくらいの値段になるか見当がつかなかったので、預かってくれるだけで大成功だった。対応してくれたのは旦那さんのほうだった。その日、百五十円でコメを買った。考えるにそれは押し入れから強引にひねり出したコメのようなものだった。

## それぞれの夏、それぞれの人生

オンボロアパート「克美荘」のおれたちは、雑多に波瀾しつつもなんとか季節の波を乗り越えていた。

木村父ちゃんは司法試験にむけた勉強にいよいよ本腰を入れはじめ、勉強会という名の、そのとおりの集まりに連日出かけるようになっていた。

デンキのサイトウ君の仕事も忙しくなっていた。彼の場合、忙しくなる、ということは電気製品の受注製作が増える、ということだったから木村君とは逆に部屋にこもってハンダ鏝（ごて）なんかを振り回していることが増えているのだった。個人的にテレビの受像機（手づくりテレビ）なども受注生産するようになり、時々むきだしの丸いブラウン管に何かテストパターンみたいなものが映ったりしていた。

テレビというのはもともと丸い画面だったらしい、ということがわかり、完成していく過程を見ているのがなかなか面白かった。

ときどきサイトウ君の座っているあたりから、そこにいるはずのない女性の「いやーん」などというネコみたいな声が聞こえてきたりしてびっくりすることがある。見るとブラウン管のなかで斜めに三分割された女性が同時に同じ顔で笑っていたりしてどうもおだやかではなかった。

マンドリンを背にした凱陸君はこのところ顔を見せなくなっていた。もともと彼は「ムーミン」に出てくる〝さすらいのスナフキン〟みたいなところがあって、あらわれるのも、姿を消すのも風のように「フワッ」というかんじだった。

沢野君は学校にかようかたわらカントリーウエスタンにいよいよ没入しており、最近はスティールギター（ベース）を流麗に弾きこなすようになり、ウエスタンバンドのリーダーになっているようだった。

池袋の店などで「テキサス・プレイボーイ・ラグ」とか「ジャンバラヤ」などをよく弾いていた。彼が弾くカントリーウエスタンのなかに「ホンキイトンクマン」という曲がある。アメリカの酔っぱらいの歌だ。

「おれはヨッパラっちまっただあ」

と、裏声で繰り返すその力のなさがたまらなく、ぼくはその曲がとても好きだった。

酔っぱらいには歌がつきものだったが、木村君が外出することが多くなってしまったいまは、みんなで酔ってデタラメな民謡を歌う、ということがめっきり少なくなってしまった。我々が酔ってうたいだすとすぐに反応する隣の部屋の「おまえおまえおまえ親父」はこのところ元気がなくなっているみたいだった。その反復語法に我々がだいぶ馴れてきている、ということであるの

かもしれなかった。

あまりにも静かなときは、もしかして死んじゃっているんじゃないか？などと心配になって窓から様子を窺ったりアパート住民、浪人のアダチ君に聞いてみたりしたが彼もあまりよくわからないようだった。

でも我々が勝手に回収して売りはらった窓の下のビールの空き瓶がまた増えだしてきているのを確認すると、その夫婦のつつがない生存の様子がわかり、一同安心するのだった。

「これはなあ、何かとても大きな砂時計みたいなもの、と考えればいいわけで、ゆったりした時間の積み重ねというものがあの空き瓶の量と嵩でわかるわけなんだよ。感動するよなあ」

などと木村君が強引な分析をして、さすがの宇宙観だ、などとみんなで感心した。

ぼくの目からみて唯一変わらないのは高橋コロッケ君だった。彼は朝も夜もだいたい決まった時間に決まった場所を移動し、アパートでも我をはらず、文句ひとついわずにいつも静かに笑っていた。


そんななかで、ぼくは久しぶりに実家に帰った。これまでシャツやパンツは克美荘の部屋でざっと洗って干して使う、ということをくりかえしていたが、それではもう汚れは落ちず、そういう方法も限界があるようだった。

たまりにたまった洗濯ものを実家に持ってかえった。そろそろ全部キチンと洗濯する必要があった。

実家に帰るのはしばらくぶりだったので郵便物などもいくらかたまっていたが、もともと急ぐ

用件などあるはずもなかった。

そのなかに見覚えのあるまるっこい文字の手紙があった。「たぬき」からの手紙だった。二年前に友達のキイバとともに起こした自動車事故で四十日間の入院治療のおりにえらく世話になった高校のときの下級生女子だ。

彼女は絶対安静で横たわっていたぼくの病室に一カ月ほど欠かさず看病に通ってきてくれた。夜は木村、沢野、コロッケ君らが交代で看病してくれ、昼は「たぬき」が担当していた。それぞれかけがえのない命の恩人なのだった。「たぬき」とは沢野君がつけたあだ名だった。微笑ましく可愛いたぬきだった。

手紙は「その後順調に回復していますか」という書き出しだった。キチンとした大人になっているたぬきの、純真でこころねの優しい文面だった。こういうことを書くべきは自分のほうなのだ、と悔やませる内容でもあった。

さらに驚いたのは住所が世田谷区になっていることだった。

引っ越した、ということなのだろうか。世田谷区はぼくが生まれたところだ。まったくの偶然ということなのだろうか。もしかしたら若くして結婚した、ということなのだろうか。わからないことがふいにもわもわしたカタマリになってふくらんできていた。

全部の洗濯ものを乾かせる時間が必要だったのと、母親に言われて自分の部屋をもう少し片付けなければならなかったので、そのまま三日ほど泊まっていた。

ひさしぶりに家族に会う、ということは妙に居ごこちの定まらないもので、長兄夫婦などとはどういう口ぶりで接したらいいのかちょっとわからなくなり、焦ってしまうほどだった。

最初の日の夕食のおかずはぼくの好物のサバの煮つけとキンピラゴボウだった。克美荘ではできない献立だった。めし前に冷蔵庫を開けてビールが冷えているのをしっかり確かめてある。こういうのは実家ならではの無礼なのだった。

母親の舞踊教室は週二日休みをとるようになっているようだった。

「教室をやっていたほうがカラダの調子はいいんだけれどねえ」と、母は言っていた。

珍しいからなのかだいぶ大きくなった姪っこがぼくのなごんでいる茶の間に出たり入ったりしていた。数年前にはよく散歩につれていったものだ。

「おぼえているか？」と聞いたら、

「すこし」

という返事だった。

洗濯した服類や秋にむけての着替えなどをもって逃げるようにして去り、そのまま克美荘に戻った。

サイトウ君がすっかり部屋長みたいになってどっしり落ちついているのに感心した。

部屋の隅に部品がムキダシになったガイコツみたいなテレビがあった。

完成した、というのだ。

「おー、それじゃあこれから自分らで好きなようにプロレスや野球が見られるのかあ」と喜んだら、これは納品するもので、明日、注文先に届けるのだという。いくらで売れるのか聞いたら五万円だというのでまったくびっくりした。

「おお。君は偉大な発明家なんだなあ」ぼくはそう言ってサイトウ君を讃えた。

「いや、これはぼくが発明したわけではなくて、エジソンみたいな人が発明したものの設計図のとおりに組み立てたものなんですよ」

サイトウ君はまるっきり謙遜してそう言うのだった。

しかしコーフンプラス尊敬さめやらぬぼくは、その気持ちをなんとか表現したい、という思いでいっぱいになり、その日の夕食を奢ることにした。

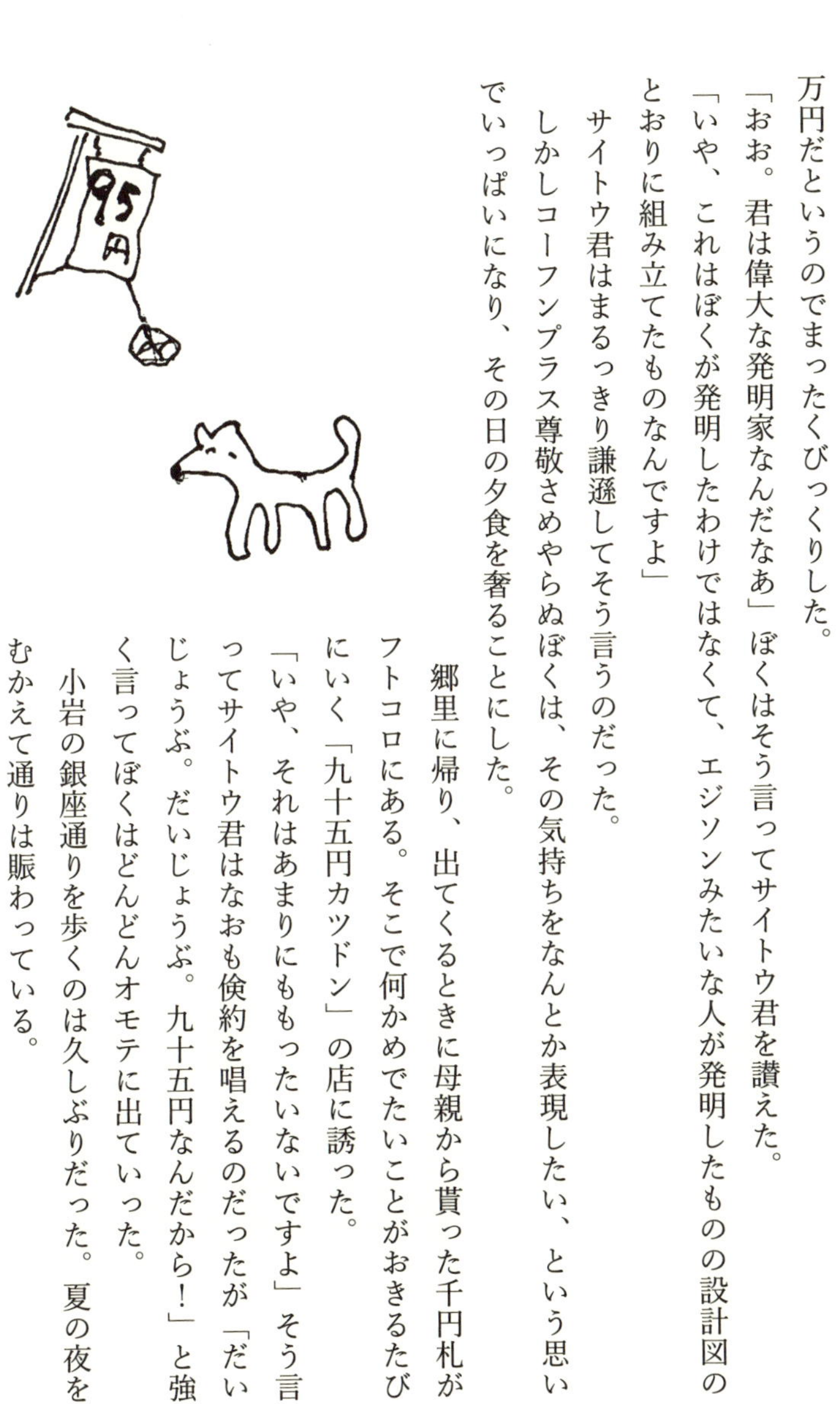


郷里に帰り、出てくるときに母親から貰った千円札がフトコロにある。そこで何かめでたいことがおきるたびにいく「九十五円カツドン」の店に誘った。

「いや、それはあまりにももったいないですよ」そう言ってサイトウ君はなおも倹約を唱えるのだったが「だいじょうぶ。だいじょうぶ。九十五円なんだから！」と強く言ってぼくはどんどんオモテに出ていった。

小岩の銀座通りを歩くのは久しぶりだった。夏の夜をむかえて通りは賑わっている。

いろんな音や音楽が複雑にからまった下町の音という

のは、少し留守にしていると、なかなか懐かしいものだった。

この街の繁華街は混雑するとヒトとクルマで道の横幅いっぱいになってしまったりするが、ヒトもクルマもそういうところを巧みに擦り抜け、じゃんじゃん行き来している。

子犬が一匹笑いながら（たぶん）トコトコ歩いているのを見て感心した。

サイトウ君みたいに犬は犬としてキチンと自立しているのだ。その日、そういう雑多な混雑にとても感心している自分に気がついた。「九十五円カツドン」の店は葦簾（よしず）でかこった奥に電灯のあかりが見えて、ちゃんと営業していることがわかった。

店の中には数人の先客がいた。みんな一人客のようだった。ということは早めの夕食なのだろうか。やはりここは圧倒的に庶民の味方の店なのだった。

注文するのはカツ丼と決まっていたが、一人の先客がビールを飲んでいるのが目に入った。

ビールは百十五円だ。駅前居酒屋「浅草バー」の百五円にはかなわないがほぼ販売原価に近い安さだった。

「やっぱりビールで乾杯といこうか」

ぼくはサイトウ君の肩を叩いた。

「いや、そんなたいしたことじゃないんですわ」

「たいしたもんだよお。自分の腕一本で稼いでいるんだものなあ。そうしてこれからは巨万の富をものにしていってほしいんだよ。それに比べておれなんかこの歳になってオフクロから小遣いガメているんだからなあ……」

言いながらなんだか急になさけなくなってしまった。自分のためにもビールを飲もう。自分を叱咤するためだ。イキオイをつけてビールを頼んだ。やっぱり人生はビールだ。

「それと、あとでカツ丼ふたつね」

顔なじみになっているおばさんの「あいよ！」という声が開店当時よりだいぶ軽快にキマってきている。

そうして――

本書の登場人物は全員実在している。

木村晋介は一九六七年に二十二歳で司法試験に合格し、若き弁護士となった。すぐに活躍し、沢山の大事件を手掛けたが「地下鉄サリン事件」ではその活躍がメディアによく報じられた。現在は憲法九条問題に取り組んでいる。

沢野ひとしは絵本の出版社に勤めた後、イラストレーターとして活躍。沢山の出版を手がける。絵画も多数描き、個展を開催。椎名の連載仕事に息のあった相棒として、週刊誌、新聞、小説誌の椎名のイラストを多数描いている。

高橋コロッケ君は日本橋小伝馬町の会社を勤めあげ、電気のサイトウ君と共に克美荘の最後までを見届けた。サイトウ君は数年後に斉藤電気商会をたちあげた。ガイリク君はしばらく消息を消していたが、数年後、ちあき、と一緒にキルギス共和国に移住したという。

椎名は作家になり、数々の小説、エッセイ等の単行本を出し、友人らとともに雑誌「本の雑誌」を創刊し、月刊誌として育て今日までたずさわっている。

本書は一九八一年に出版した『哀愁の町に霧が降るのだ』（情報センター出版局、のち新潮文庫、小学館文庫）のリメイク版。未完である。現在「本の雑誌」にその第二部を連載中。

本書のカバー漫画はQ.B.B.（久住昌之・久住卓也）のお二人にお願いした。Q.B.B.の両氏はガロの出身者で作風や気概になんともいえない懐かしさを感じて椎名がたっての願いとして依頼したもの。また本書の本文カットはすべて椎名が描いた。

二〇二五年二月

椎名誠

初出　本書は「本の雑誌」二〇二二年五月号〜二〇二四年九月号の連載「哀愁の町に何が降るというのだ。」を改稿、加筆し、再構成したものです。

**椎名誠**（しいな・まこと）

一九四四年東京生まれ、千葉育ち。東京写真大学中退。流通業界誌編集長時代の七六年、目黒考二らと「本の雑誌」を創刊。七九年、長編エッセイ『さらば国分寺書店のオババ』で本格デビュー、小説、エッセイ、ルポなどの執筆生活に入る。八九年『犬の系譜』で第十回吉川英治文学新人賞、九〇年『アド・バード』で第十一回日本ＳＦ大賞を受賞。『岳物語』等の私小説、『武装島田倉庫』等のＳＦ作品、『わしらは怪しい探検隊』を原点とする釣りキャンプ焚火エッセイ、『出てこい海のオバケたち』等の写真エッセイまで著書多数。近著に『思えばたくさん呑んできた』『続 失踪願望。さらば友よ編』など。趣味は焚き火キャンプ、どこか遠くへ行くこと。

公式インターネットミュージアム「椎名誠 旅する文学館」
https://www.shiina-tabi-bungakukan.com

哀愁の町に何が降るというのだ。

二〇二五年三月十五日　初版第一刷発行
二〇二五年四月十五日　初版第二刷発行

著　者　椎名 誠
発行人　浜本 茂
印　刷　中央精版印刷株式会社
発行所　株式会社 本の雑誌社
〒一〇一―〇〇五一
東京都千代田区神田神保町一―三七 友田三和ビル五階
電話 〇三（三二九五）一〇七一
振替 〇〇一五〇―三―五〇三七八

定価はカバーに表示してあります
ISBN978-4-86011-498-5 C0095